ID616604

folio
junior

Titre original : *The Dare Game – Tracy Beaker is back !*
Publié en Grande-Bretagne par Doubleday/Transworld Publishers,
un département de The Random House Group Ltd, London
© Jacqueline Wilson, 2000, pour le texte
© Nick Sharratt, 2000, pour les illustrations
© Éditions Gallimard Jeunesse, 2006, pour la traduction française

Jacqueline Wilson

Un nouveau défi pour Jenny B.

Illustrations de Nick Sharratt

Traduit de l'anglais
par Vanessa Rubio

FOLIO JUNIOR/**GALLIMARD** JEUNESSE

Pour Jessie Atkinson, Francesca Oates, Zoe, Lee et Sarah, Emma Walker et tous mes amis de l'école Redriff, ainsi que tous ceux qui se demandaient ce qu'était devenue Jenny B.

Pas de chez-moi à moi

Vous connaissez *Le Magicien d'Oz*, ce vieux film qui repasse tous les ans à la télé au moment de Noël ? J'adore ! Surtout la méchante sorcière de l'Ouest avec son grand caquet, sa peau verte et sa bande de singes ailés. Je donnerais n'importe quoi pour avoir un affreux petit singe ailé comme animal de compagnie diabolique. Il filerait dans le ciel en battant des ailes, flairerait cette odeur de talc et de café instantané si caractéristique des professeurs et fondrait droit sur Mme Sacavomi pour la soulever de terre, hurlant de terreur.

Ça lui apprendrait. J'ai toujours été très douée en expression écrite, mais depuis que je suis arrivée dans ma nouvelle école, en haut de mes devoirs, Sacavomi se contente d'écrire : « Quel manque de soin, Jenny » ou « Attention à l'orthographe ! » La semaine dernière, il fallait qu'on invente une histoire sur le thème de la nuit. J'ai trouvé ça drôlement intéressant, pour une fois, et j'ai écrit huit pages et demie sur une fille qui est dehors au beau milieu de la nuit, dans une ambiance sinistre, et soudain un fou lui saute dessus pour la tuer, mais elle réussit à s'échapper en sautant dans une rivière et là, en nageant, elle tombe sur le cadavre d'un noyé, et puis quand elle se hisse sur la rive, elle voit une drôle de lueur vacillante qui provient d'un cimetière et là, il y a une secte sataniste qui justement cherche une jeune fille à sacrifier...

C'était vraiment une histoire géniale, mieux que tout ce que Cam aurait pu écrire. (Je vous parlerai de Cam dans une minute.) Je suis sûre qu'elle pourrait presque être publiée en l'état. Comme je l'avais tapée sur l'ordinateur de Cam, c'était bien propre et le correcteur orthographique s'était chargé des fautes. J'étais persuadée que Mme Sacavomi allait mettre : « Très très très bien, Jenny, dix sur dix, A + + + et je t'offre un tube de Smarties. »

Vous savez ce qu'elle a écrit, finalement ? « Tu as fait des efforts, Jenny, mais ton récit est confus. Tu te laisses emporter par ton imagination, on s'y perd. Tu as réellement un esprit tortueux. »

J'ai regardé ce que signifiait « tortueux » dans son fameux dictionnaire, et ça veut dire « qui fait des tours et des détours ». C'est exactement ça. J'avais envie de tordre Mme Sacavomi dans tous les sens en faisant des tours et des détours. De la tordre, tordre jusqu'à ce que les yeux lui sortent de la tête et que ses bras et ses jambes soient entortillés autour de son gros derrière. Ah oui,

encore autre chose. Dès que j'écris le moindre petit gros mot, Mme Sacavomi pique une crise. Je ne sais pas ce qui se passerait si j'employais de vrais gros mots comme *****, ****** et *** (censuré !).

Du coup, aujourd'hui, moi aussi « je me suis perdue », au lieu de m'ennuyer à l'école. J'ai séché les cours et je me suis baladée, tranquille, en « me laissant emporter par mon imagination ». J'ai fait un petit arrêt à la papeterie où je me suis acheté un gros carnet violet avec mon argent de poche. Je vais y écrire toutes mes histoires monstrueusement terrifiantes, aussi confuses et tortueuses que j'en ai envie. Et j'y écrirai aussi mon histoire à moi. J'ai déjà commencé à raconter ma vie dans *La Fabuleuse Histoire de Jenny B.*, je pourrais intituler le deuxième tome *La Fabuleuse Histoire de Jenny B. 2* ou *Qu'est-il arrivé à la courageuse et héroïque Jenny B.?* ou *La Palpitante Suite des aventures extraordinaires de la merveilleuse et fantastique Jenny B.* ou *Les Nouvelles Aventures de la terriblement terrible Jenny B.*, encore plus méchante que la méchante sorcière de l'Ouest.

À ce propos, dans *Le Magicien d'Oz*, en fait, il n'y a qu'un passage qui me fait vraiment peur. Je ne peux même pas le regarder. La première fois que je l'ai vu, j'ai bien failli pleurer. (Mais je ne pleure jamais. Je suis une dure à cuire et j'ai le cuir dur comme une vieille paire de Doc Martens. Non, comme les toutes dernières Doc coquées…) Bref, c'est le passage tout à la fin où Dorothée en a assez d'être au pays d'Oz. Ce qui est complètement idiot, si vous voulez mon avis. Qui aurait envie de retourner s'ennuyer à mourir dans ce vieil État du Kansas où tout est en noir et blanc et de redevenir une petite fille ordinaire à qui on confisque son chien au lieu de rester à gambader dans ses souliers de rubis d'un bout à l'autre d'un pays merveilleux ? Mais, tout au long du film, Dorothée se montre extrêmement stupide. Franchement, elle aurait pu deviner toute seule qu'elle n'avait qu'à claquer trois fois des talons dans ses souliers de rubis pour se retrouver chez elle en un éclair. C'est justement ce passage que je ne supporte pas. Quand elle dit : « On n'est nulle part mieux que chez soi. »

On n'est nulle part mieux que chez soi.

Ça me tue. Parce que moi, je n'ai pas de chez-moi. Pas de famille. Pas de foyer, rien.

Enfin, je n'en avais pas jusque récemment. Mis à part le foyer pour enfants mais ça ne compte pas. C'est bizarre, dès que le mot « foyer » est écrit sur une pancarte, vous pouvez être sûr que ce n'est pas un vrai foyer, juste une décharge publique pour enfants à problèmes. Pour les enfants vilains, méchants ou bêtes. Ceux que personne ne veut adopter. Ceux dont la date limite de consommation est dépassée et qu'on jette aux ordures. C'est sûr, il y avait de belles petites ordures au foyer. En particulier une certaine Justine Petitbois...

C'était mon ennemie jurée au début, mais ensuite on a fait la paix. Je lui ai donné mon stylo Mickey que j'adorais. Après j'ai regretté et je le lui ai réclamé le lendemain en disant que je le lui avais juste prêté, mais ça n'a pas marché. Pas moyen de lui faire avaler des salades, à Justine. Ni des épinards, ni des choux, ni aucun légume d'ailleurs.

14

C'est étrange, mais elle me manque un peu, maintenant. On s'amusait bien quand on était ennemies et qu'on jouait au jeu des défis. J'ai toujours été très douée pour imaginer les défis les plus délirants, débiles et immondes. Et je gagnais à chaque fois, jusqu'à ce que Justine arrive au foyer. Après, j'ai continué à gagner... la plupart du temps. Mais Justine inventait des défis sacrément dingo, quand même.

Elle me manque. Et Louise aussi. Et puis surtout Peter. Ça, c'est encore plus bizarre. Je ne supportais pas ce petit pleurnichard lorsqu'il est arrivé au foyer. Maintenant, j'ai l'impression que c'était mon meilleur ami. J'aimerais bien le

revoir. Surtout aujourd'hui. Parce que, même si c'est chouette de faire l'école buissonnière et que j'ai trouvé une super cachette, je me sens un peu seule.

Ce serait plus sympa avec un copain. Quand on vit en foyer, on a intérêt à se faire autant d'amis que possible parce qu'on n'a pas de famille.

Enfin, si, j'en ai une.

J'ai la maman la plus jolie, la plus belle et la plus adorable du monde. C'est une actrice super célèbre, elle tourne film sur film à Hollywood. Tous les producteurs se l'arrachent et elle n'a pas une minute à elle, c'est pour ça qu'elle m'a confiée à l'Aide sociale à l'enfance…

Bon, j'arrête de délirer. Vous ne me croyez pas. Et même moi, je n'y crois plus. Quand j'étais petite et que je racontais mes bobards, certains enfants me croyaient et ils avaient l'air impressionnés. Maintenant, lorsque je fais mon cinéma, je vois leurs lèvres se pincer et, dès que j'ai le dos tourné, ils éclatent de rire. Et ça, c'est pour les plus sympas. Les autres me traitent carrément de folle. Ils ne veulent même pas croire que ma mère est une actrice. Je sais pourtant qu'elle a joué dans des films, j'en suis sûre. Elle m'a envoyé une belle photo où elle pose en déshabillé de soie. Mais ça fait ricaner les autres et ils gloussent :

– Elle a joué dans quel genre de film, dis, Jenny ?

Alors je leur mets une claque. Parfois je passe vraiment à l'acte, il faut dire que j'ai la main leste. Parfois je me contente d'imaginer la scène dans ma tête. C'est ce que j'aurais dû faire avec Mme Sacavomi, tout garder dans ma tête. Ce n'est pas malin d'avouer aux professeurs ce qu'on pense d'eux. Ce matin, elle nous a donné une nouvelle rédaction sur le thème « ma famille ». Soi-disant pour nous faire travailler sur l'autobiographie. En réalité, ce n'est qu'un prétexte, les profs sont de sales curieux qui veulent connaître tous les secrets de leurs élèves. Enfin bref, elle nous demande d'écrire ce machin sur notre famille, puis elle se met à slalomer entre les bureaux avec son gros derrière pour venir jusqu'au mien. Là, elle se penche vers moi, sa joue tout contre la mienne. L'espace d'un instant, j'ai carrément eu peur qu'elle m'embrasse !

– Bien entendu, tu peux parler de ta mère adoptive, Jenny, m'a-t-elle chuchoté en me chatouillant l'oreille avec son haleine mentholée au Tic-Tac.

Elle croyait avoir été discrète mais tous les autres ont entendu et m'ont fixée. Alors j'ai soutenu leur regard et, en m'éloignant le plus possible du Sacavomi, j'ai répliqué d'un ton assuré :

– Non, je vais parler de ma vraie mère, madame Saca.

Et c'est ce que j'ai fait. J'ai rempli des pages et des pages. Au bout d'un moment, je n'ai plus trop soigné mon écriture, puis j'ai laissé tomber l'orthographe, les majuscules et la ponctuation, parce que ça ne sert à rien, mais j'ai fait une super rédaction sur ma mère et moi. Sauf que je n'ai jamais pu la finir. Tout ça parce que, comme à son habitude, Mme Sacavomi a fait le tour de la classe en s'approchant pour lire les devoirs par-dessus l'épaule des élèves. C'est agaçant comme c'est pas permis ! Et arrivée à moi, elle s'est penchée et s'est mise à soupirer. J'ai cru qu'elle allait me sortir son éternel petit discours sur le soin, l'orthographe et la ponctuation mais, cette fois, c'est le contenu qui ne lui a pas plu, pas la présentation.

– Ah, là, là ! Tu t'es encore laissé emporter par ton imagination débordante, Jenny, a-t-elle dit avec son air condescendant et faussement sympathique.

Et elle a même claqué la langue en secouant la tête, son insupportable petit sourire satisfait aux lèvres.

– Comment ça ? ai-je demandé.

– Jenny ! Ne prends pas ce ton avec moi, s'il te plaît.

Elle avait haussé la voix.

– Je vous ai pourtant bien expliqué ce qu'était une autobiographie. Il s'agit de raconter sa propre vie, sa *vraie* vie.

– Mais *c'est* vrai, tout est vrai.

– Enfin, Jenny !

Elle s'est mise à lire ma rédaction à voix haute, sans plus se soucier d'être discrète, s'adressant à la classe entière :

19

– Ma mère a joué dans un film américain avec George Clooney, Tom Cruise et Brad Pitt. Ils l'adorent et veulent tous sortir avec elle. Et dans son prochain film, Leonardo DiCaprio tiendra le rôle de son petit frère. Elle est devenue très copine avec lui pendant le tournage et, quand il a vu une photo de moi dans son portefeuille, il a trouvé que j'avais l'air très mignonne, alors il va m'écrire.

Mme Sacavomi lisait avec une atroce petite voix haut perchée censée imiter ma façon de parler.

Toute la classe se tordait de rire. Il y en a même qui ont failli faire pipi dans leur culotte tellement ils rigolaient. Elle a pincé les lèvres d'un air narquois.

– Tu crois vraiment que tout cela est vrai, Jenny ?

Alors j'ai répondu :

– Non, je crois vraiment que vous êtes une odieuse vieille bique et que le seul rôle que vous pourriez tenir dans un film, c'est celui d'une chauve-souris vampire suceuse de sang.

J'ai cru un instant qu'elle allait me faire une petite démonstration de ses talents de chauve-souris en se jetant sur moi pour planter ses canines pointues dans mon cou. Je suis sûre que ce n'est pas l'envie qui lui en manquait. Mais, à la place, elle s'est contentée de me faire sortir de la pièce en m'ordonnant de rester dans le couloir parce que mon insolence l'indisposait.

J'ai répliqué que c'était elle qui m'indisposait et qu'elle portait bien son nom : Mme Saca V. Les autres s'imaginent sans doute que ce V est l'initiale de Véra, Violette ou Vanessa, mais je suis certaine que son prénom est Vomi. Ce qui va parfaitement avec son nom de famille étant donné qu'elle ressemble au contenu d'un sac à vomi.

Elle est retournée dans la classe alors que j'étais au beau milieu de ma tirade, mais j'ai continué pour moi, affalée contre le mur, fixant mes chaussures. J'ai dit que j'étais SUPER CONTENTE de rater son cours parce qu'elle était rasoir de chez rasoir, peigne de chez peigne et brosse de chez brosse, et qu'il n'y avait pas plus nul comme prof. J'ai décrété que j'étais ABSOLUMENT RAVIE d'être dans le couloir.

C'est alors que M. Hatherway est passé avec un petit morveux de CE2 qui saignait du nez.

– Tu parles toute seule, ma puce ?

– Non, je parle à mes chaussures, ai-je répliqué rageusement.

Je pensais qu'il allait me crier dessus lui aussi, mais il s'est contenté de hocher la tête et d'essuyer le nez du gamin, une vraie fontaine dégoulinante de sang.

– Il m'arrive également de discuter avec les miennes quand ça ne va pas, a-t-il affirmé. Des amies très à l'écoute, les chaussures. Mes vieux mocassins en daim sont les plus doués pour me consoler, je trouve.

Comme le morveux pleurnichait, M. Hatherway lui a de nouveau essuyé le nez.

– Viens, mon petit gars, on va te soigner.

Il m'a adressé un sourire, puis ils se sont éloignés.

Jusque-là, j'étais persuadée que cette nouvelle école était cent pour cent horrible, désormais elle avait au moins un pour cent de bien, grâce à M. Hatherway. Mais je n'avais aucune chance d'être un jour dans sa classe, à moins qu'on me rétrograde directement de CM2 en CE2. Et, de toute façon, l'école craignait toujours à quatre-vingt-dix-neuf pour cent, alors j'ai décidé de fuguer.

C'était un jeu d'enfant. J'ai attendu l'heure de la récréation, que Mme Sacavomi me fasse signe de sortir, les narines pincées comme si je dégageais une vraie puanteur. Je lui ai retourné le compliment en me bouchant le nez, mais elle a fait mine de ne pas le remarquer. Après la récré, on avait musique avec Mlle Smith sous le préau, je n'avais donc pas à la supporter. Mais je n'avais aucune envie de rester pour ce cours car la prof me déteste, elle aussi, tout ça parce que, une fois, j'ai expérimenté une utilisation alternative des baguettes de tambour.

Bref, j'ai fait semblant d'aller aux toilettes, l'air de rien, sauf que j'ai continué sans m'arrêter. J'ai tourné au bout du couloir et je suis passée vite vite devant la loge de la concierge (de toute façon, Mme Ludovic s'occupait du petit qui saignait du nez et c'était la troisième guerre mondiale dans la pièce), j'ai franchi la porte et je me suis dépêchée de traverser la cour. Le portail était fermé à clé, mais ce n'est pas ça qui allait arrêter Super Jenny.

J'ai escaladé le mur et je me suis retrouvée de l'autre côté en un clin d'œil. Bon, j'avoue, j'ai un peu raté mon atterrissage et je me suis écorché les deux genoux, mais je m'en fichais.

J'ai toujours mal même si ça s'est arrêté de saigner. Ce n'est pas très beau à voir. Toutes sortes de dangereux microbes ont dû s'introduire dans mon organisme et je risque à tout instant d'être prise d'une fièvre terrible et de me mettre à baver. C'est vrai, je ne me sens pas très bien. En plus, je meurs de faim. Je n'aurais pas dû dépenser tout mon argent de poche pour acheter ce carnet. Et puis, surtout, je regrette de l'avoir choisi exactement de la couleur d'une tablette de chocolat Cadbury. Ça me fait monter l'eau à la bouche !

J'ai vraiment envie de rentrer chez Cam, mais il est à peine une heure. L'heure de manger. Sauf que je n'ai rien à manger. Et si je rentre avant le goûter, Cam va se douter de quelque chose. Je pourrais lui montrer mes genoux en sang et lui dire que j'ai fait une chute très grave et que l'école m'a renvoyée à la maison. Mais elle penserait que je me suis encore battue. J'ai déjà eu assez d'ennuis la dernière fois. Ce n'était pas juste, ce n'était pas moi qui avais commencé. Tout était de la faute de cette Roxanne Green. Elle s'était moquée de mon T-shirt. Elle crânait devant ses copines avec son nouveau T-shirt Gap, en tortillant des épaules, alors je l'ai imitée et ça a fait rire tout le monde. Et là, elle m'a demandé :

– Et toi, c'est quelle marque ton T-shirt, Jenny ?

Puis sans me laisser le temps de répliquer, elle a enchaîné :

– Oh, je sais, tu l'as acheté aux puces !

Tout le monde a ri à nouveau mais, cette fois, ce n'était pas drôle. Alors je me suis énervée et je l'ai traitée de tous les noms et elle m'a traitée de tous les noms aussi, surtout des trucs de bébé, mais à un moment elle a employé le mot « bâtarde » et elle a dit qu'en plus c'était vrai, vu que je n'avais pas de père.

Je lui ai mis une claque. Je n'avais pas le choix, hein ? Elle l'avait bien méritée. Sauf que Roxanne et sa petite cour n'étaient pas du même avis et elles ont été le dire à Mme Sacavomi. Elle non plus, elle n'était pas du même avis que moi et elle est allée le rapporter à M. Donne, le directeur, et devinez quoi ? Lui non plus, il n'a pas trouvé que

Roxanne l'avait bien cherché. Il a appelé Cam et lui a demandé de venir à l'école pour discuter calmement. On m'a traînée dans son bureau et je peux vous dire que je n'étais pas calme du tout. Mais Cam m'a passé un bras autour du cou en me chuchotant :

– Reste cool, Jen.

J'ai essayé de faire comme elle m'a appris. Je me suis imaginé un beau lac, l'eau claire, le ciel bleu, et je nageais tranquillement… mais j'étais tellement en colère que l'eau s'est mise à bouillir. Et je me suis retrouvée en train de hurler, de dire au directeur tout ce que je pensais de lui, de ses profs décérébrés et de ses élèves ineptes. (Alors, que dites-vous de mon vocabulaire, madame Sacavomi ?)

Je suis passée à deux doigts de l'exclusion. C'est dingue. J'aurais dû être encore plus insolente, pour ne plus jamais remettre les pieds dans cette école minable.

Alors je suis partie de moi-même.

Et me voilà.

Je suis dans ma cachette secrète. Perso. Ma maison à moi, rien qu'à moi.

Mon chez-moi !

Enfin, bon, pour l'instant, ce n'est pas très accueillant. Elle aurait besoin d'un bon coup d'aspirateur. Et, même si elle est vide, il faudrait faire un grand ménage. Il y a des vieilles canettes de bière et des emballages de McDonald's qui traînent partout. Une telle couche de journaux gratuits, de prospectus et de pubs est entassée dans l'entrée que, quand on pousse la porte, on patauge dans la paperasse. Sauf que je ne suis pas passée par la porte, vu qu'elle était verrouillée et condamnée avec des planches. Je suis entrée par-derrière en me faufilant avec précaution par une fenêtre cassée.

J'ai découvert cette cachette par hasard alors que je cherchais un endroit tranquille parce que je mourais d'envie de faire pipi. Je tournais en rond dans la rue et, tout à coup, j'ai vu une maison qui avait l'air abandonnée au fond d'une impasse, cachée dans les broussailles, alors je me suis dit que je pouvais enjamber le mur pour aller me soulager. Ce que j'ai fait, sauf qu'un chat noir a surgi brusquement et m'a fait sursauter si bien que j'ai failli arroser mes baskets.

Une fois convenablement rhabillée, j'ai essayé de l'attraper en m'imaginant qu'il s'agissait d'un tigre et que je me trouvais au beau milieu de la jungle. J'aurais bien aimé l'apprivoiser, mais il a lancé un « Miaounon ! » méprisant et a filé, la queue en l'air.

Alors j'ai exploré la jungle toute seule. C'est là que j'ai repéré la vitre cassée et que j'ai décidé de visiter la maison.

Elle est superbe. Bien sûr, elle n'a pas tout le confort moderne. L'eau est coupée, les lampes ne s'allument pas et les radiateurs sont froids. Mais il y a toujours un canapé dans le salon, drôlement chic, en velours rouge. Un crétin a posé ses gros croquenots boueux dessus, mais j'ai gratté avec les ongles et c'est presque parti.

Je pourrais apporter un coussin. Et une couverture. Et à manger. Ouais…

La prochaine fois.

Mais pour le moment, c'est l'heure de rentrer… chez Cam.

Chez Cam

Cam m'a adoptée. C'est moi qui ai eu l'idée. Quand j'étais au foyer pour enfants, j'étais prête à tout pour trouver une famille d'accueil. J'aurais fait n'importe quoi. Ils ont même passé une annonce dans les journaux, une description atroce qui listait tous mes défauts, accompagnée d'une photo où je louchais – personne n'a répondu, ce qui ne m'a pas franchement surprise. Mais ça m'a quand même fait de la peine. Surtout quand un enfant de ma classe a apporté le journal à l'école pour le montrer à tout le monde. C'était dans mon ancienne école. Elle n'était pas terrible non plus. Mais un peu mieux que la nouvelle, tout de même. Je crois qu'on ne peut pas faire pire.

C'est de la faute de Cam. Elle a décidé que j'irais là parce que c'est la plus proche. Dès le premier jour, j'ai su que je ne m'y plairais pas. C'est une vieille école en brique rouge, avec des couloirs peints en marron et des vestiaires puants. En plus, presque tous les profs sont vieux, eux aussi. On dirait qu'ils ont tous pris des cours de diction au même endroit pour acquérir cette espèce d'affreux ton sarcastique.

Vous voyez le genre : « Oh, bravo, Jenny Bell » quand je renverse mon gobelet (accidentellement en le faisant exprès sur le beau T-shirt de Roxanne !), ou : « Ah, quelle surprise, c'est toi qui as gribouillé ces idioties sur le tableau, Jenny ! » (Précision, ce n'était pas des idioties, mais d'abominables abominations !) Ou encore : « Pourrais-tu parler un peu plus fort, Jenny ? Il y a une vieille dame sourde à l'autre bout de la rue qui n'a pas bien compris ce que tu disais » (Il faut bien que je parle fort si je veux que les autres enfants de mon groupe m'écoutent, non ?)

Je déteste quand on doit travailler par petits groupes. Chacun a son clan : Roxanne et sa bande, le sosie de David Beckham avec les footeux, Musclor Dixon et ses hommes de main, Lizzi Ouin-

Ouin, Nelly Nunuche et les pleurnichards associés, Hannah Je-sais-tout avec Andrew le Cerveau. Et moi, je reste toute seule.

Mme Sacavomi me met dans une équipe différente à chaque fois. Parfois je suis un groupe à moi toute seule. Ça ne me dérange pas. Je préfère. Je les déteste tous.

Cam m'a conseillé de me faire des amis. Mais je n'ai pas envie d'être amie avec cette bande de minables. Je n'arrête pas de lui répéter que cette école est pourrie et que je veux qu'elle m'inscrive ailleurs, mais rien n'y fait. Enfin, elle est bien allée voir à la mairie pour demander s'ils pouvaient me transférer ailleurs mais ils ont répondu que tous les établissements du secteur étaient complets.

Et elle est repartie. Elle n'a rien dit, elle n'a pas fait de scandale. Quand on veut quelque chose dans ce bas monde, il faut se battre pour l'obtenir, je sais de quoi je parle.

– Tu es en liste d'attente, m'a-t-elle annoncé comme si cette nouvelle devait me faire sauter de joie.

Franchement, vous imaginez ? J'ai passé la moitié de mon temps à attendre de pouvoir vivre ma vie. J'ai cru que mon tour était venu lorsque Cam est arrivée au foyer pour faire son article ridicule sur les enfants placés. (C'était payé seulement cent livres et mon nom était à peine mentionné.)

J'ai cru qu'elle pourrait faire une bonne famille d'accueil étant donné qu'elle est écrivain, et que moi aussi, j'écris.

J'ai eu du mal à la convaincre. Mais je peux être très persuasive quand je veux. Et je voulais vivre chez Cam. Je le voulais à tout prix.

Alors quand elle a dit : « Bon, d'accord, Jenny. On peut essayer. On verra ce que ça donne, toi et moi, OK ? » Bien sûr que c'était OK. J'ai sauté au plafond, défoncé le toit et je me suis envolée jusqu'à la lune à travers tout le système solaire. J'avais tellement hâte de quitter le foyer. Je me suis énervée après mon éducatrice, Helen la Baleine, parce que j'avais l'impression qu'elle essayait de ralentir la procédure au lieu de l'accélérer.

– Ça ne sert à rien de précipiter les choses, Jenny, me répétait-elle.

Moi, je voyais très bien à quoi ça servait. Je ne voulais pas que Cam change d'avis. Elle a dû passer des tas d'entretiens, aller à des réunions, des rendez-vous, des cours, et ce n'est pas trop son style. Elle n'aime pas qu'on lui donne des ordres et qu'on lui dise ce qu'elle doit faire. Comme moi. J'avais peur qu'elle se dise que, tout compte fait, c'était trop compliqué.

Finalement, nous avons eu le droit de passer un week-end ensemble et ça a été formidable. Cam avait prévu deux jours tranquilles – aller se balader au parc, louer un film, commander une pizza. Mais je lui ai expliqué que ça ne me changeait pas du foyer et que je préférais qu'on fasse quelque chose de spécial pour fêter notre premier week-end ensemble.

Je vous ai dit que je savais me montrer assez persuasive. Cam m'a emmenée dans un super parc d'attractions, c'était génial et elle m'a même offert un immense python en peluche avec les yeux verts et la langue fourchue. Elle a un peu tergiversé avant de le prendre parce qu'elle ne voulait pas avoir l'air d'acheter mon affection, mais j'ai enroulé le serpent autour de son cou et « il » l'a suppliée de l'adopter parce que le propriétaire de la boutique le maltraitait depuis qu'il avait avalé un lapin et deux ou trois souris en peluche un jour où il avait un petit creux.

Cam l'a pris en disant que c'était une folie et qu'elle allait devoir se contenter de pain et de fromage le restant de la semaine parce que l'entrée au parc d'attractions et les hamburgers de midi lui avaient déjà coûté une fortune.

J'aurais dû me rendre compte à ce moment-là

que c'était une vieille radine, mais j'avais tellement envie qu'elle m'adopte que je ne voulais pas voir ses défauts.

Et peut-être qu'elle ne voulait pas voir les miens non plus...

Enfin bref, on voyait la vie en rose, le sourire aux lèvres, dans notre petit monde parfait. Et le dimanche soir quand j'ai dû rentrer au foyer, Cam m'a serrée fort fort dans ses bras, presque aussi fort que moi, et elle m'a promis qu'elle voulait vraiment poursuivre la procédure pour devenir ma famille d'accueil.

Et elle a tenu sa promesse. Voilà où mon histoire aurait dû s'arrêter. Tout est bien qui finit bien, elles vécurent heureuses, etc. Sauf que je ne suis pas toujours heureuse. Et je crois que Cam non plus.

Au début, c'était bien. Helen dit qu'on a vécu notre lune de miel. Ce qu'elle peut être lourde, celle-là. Vous comprenez pourquoi je l'appelle la Baleine ? Elle a vraiment de ces expressions. Mais, effectivement, Cam et moi nous étions un peu comme des jeunes mariés. On passait tout notre temps ensemble, parfois même main dans la main. Chaque fois que je voulais quelque chose, j'arrivais à la convaincre, mais je n'exagérais pas trop pour ne pas qu'elle se lasse de moi et qu'elle me ramène au foyer. Et, au bout d'un moment...

Je ne sais pas. Tout a changé. Cam a commencé à refuser de m'emmener où je voulais et de m'acheter ce que je voulais. Des choses dont j'avais vraiment besoin, des vêtements de marque, par exemple, sinon les pestes comme Roxanne se moquent de moi. Mais Cam dit qu'elle n'a pas les moyens. Je suis sûre qu'elle ment. Je sais que l'État lui verse une fortune pour s'occuper de moi. Je trouve ça plutôt honteux si vous voulez mon avis. Surtout qu'elle a déjà son travail d'écrivain.

Cam dit qu'elle ne gagne pas grand-chose en tant qu'auteur. Des cacahuètes, elle dit. C'est de sa faute, aussi. Elle ne choisit pas les bons sujets. Elle perd son temps à écrire des articles rasoir pour des journaux à mourir d'ennui où il n'y a même pas d'images. Et ses livres, c'est encore pire. Ça parle toujours de bonnes femmes qui ont des problèmes. Franchement, qui a envie de lire ce genre d'âneries ? J'aimerais qu'elle écrive des trucs plus romantiques. Je n'arrête pas de lui répéter qu'elle devrait faire un de ces gros bouquins avec des couvertures flashy que les gens achètent pour lire en vacances. Où toutes les femmes sont belles, habillées par les plus grands stylistes, et où les hommes ont des postes importants au sommet du pouvoir, et où ils n'arrêtent pas de sortir les uns avec les autres, si bien qu'il y a plein de passages un peu chauds.

Cam se contente de rigoler en répliquant qu'elle déteste ce genre de livre. Et que ça ne la dérange pas de ne pas être un auteur à succès.

Mais moi, ça me dérange. J'aimerais pouvoir me vanter devant les autres. Sincèrement, avec Cam, ce n'est pas possible. Personne n'a jamais entendu parler d'elle. Et elle n'est pas jolie, ni sexy, ni très glamour. Elle ne se maquille jamais, elle a les cheveux tellement courts qu'ils sont incoiffables et tout ébouriffés, et elle s'habille comme un sac à patates – T-shirt et jean été comme hiver et jamais un vêtement de marque.

Chez elle, ce n'est pas terrible non plus. J'espérais que j'allais vivre dans une grande maison avec des meubles design et une déco sympa, mais Cam habite un petit appartement miteux. Il n'y a même pas de moquette, elle a juste ciré le parquet et mis quelques tapis ici et là. C'est marrant pour faire des glissades, mais honnêtement ça ne ressemble à rien. Et son canapé ! Il est en cuir mais tellement craquelé qu'elle doit le cacher sous un vieux dessus-de-lit en patchwork avec des coussins sans forme qu'elle a brodés elle-même. Elle a essayé de m'apprendre à faire du point de croix. Ça porte bien son nom, c'est vraiment la croix et la bannière, ce truc ! J'ai vite laissé tomber, dégoûtée.

J'ai une chambre pour moi toute seule, mais je préférais celle que j'avais au foyer. Elle est tellement petite qu'on dirait un placard ! Cam n'a vraiment pas été sympa. Elle avait dit que je pourrais la décorer comme je voudrais. J'avais des tas d'idées géniales. Je voulais un grand lit avec un couvre-lit en satin blanc, une coiffeuse et un miroir avec des ampoules tout autour comme les stars, de la moquette blanche épaisse et douce comme du poil de chat, un ordinateur perso pour écrire mes histoires, une chaîne stéréo rien que pour moi, une immense télé blanche, un lecteur de DVD, un trapèze accroché au plafond pour faire des numéros de cirque et ma propre salle de bains afin de pouvoir barboter toute la journée dans mon bain moussant.

Cam a cru que je plaisantais. Et, lorsqu'elle a vu que je ne rigolais pas, elle s'est exclamée :

– Enfin, Jenny, comment veux-tu qu'on case tout ça dans le débarras ?

C'est bien le problème. Je ne vois pas pourquoi je devrais être reléguée dans le débarras. Elle veut déjà se débarrasser de moi, c'est ça ? Elle aurait pu me laisser sa chambre, d'abord ! Elle n'a presque pas d'affaires, juste des piles de bouquins et un petit lit. Tout pourrait facilement tenir dans le débarras.

Je me suis efforcée de la convaincre. J'ai tout essayé, flatteries et pleurnicheries, mais elle n'a pas cédé. Alors j'ai atterri dans ce cagibi minuscule et je devrais sauter de joie parce que j'ai eu le droit de choisir la couleur de la peinture, un dessus-de-lit et des rideaux. J'ai tout pris noir, assorti à mon humeur.

Je pensais que Cam allait refuser, mais elle m'a prise au mot. Murs noirs. Plafond noir. Elle a eu l'idée de coller des étoiles phosphorescentes, ce qui n'est pas bête parce que je n'aime pas trop être dans le noir. Je n'ai pas peur, non, je n'ai peur de rien. Mais j'aime bien voir les étoiles qui brillent au-dessus de mon lit quand je suis allongée.

Cam a déniché des draps noirs avec des étoiles argentées et m'a fabriqué des rideaux assortis.

Comme elle est nulle en couture, les ourlets ne sont pas très réguliers, mais elle s'est donné du mal, quand même. Elle a baptisé ma chambre « la grotte ». Et elle m'a acheté des petites chauves-souris en peluche pour accrocher au plafond. Elles sont adorables. Et puis j'ai installé mon python par terre, près de la porte, comme ça, il bloque les courants d'air et se jette sur ceux qui essaient d'entrer sans avoir été invités.

Comme Jane et Liz. Je ne peux pas les supporter, ces deux-là. Ce sont des amies de Cam. Elles se mêlent sans arrêt de ce qui ne les regarde pas. Au début, je les trouvais plutôt sympas. Jane est énorme (elle a un de ces popotins!) tandis que Liz est petite et nerveuse. Une fois, Jane m'a emmenée à la piscine (quel spectacle de la voir en maillot!) et on s'est bien amusées. Il y avait

une cascade et une piscine à vagues, Jane m'a prise sur ses épaules et elle ne s'est pas vexée quand j'ai dit que j'étais sur le dos d'une baleine. Elle a même joué le jeu en crachant de l'eau. Mais, un jour, elle est arrivée alors que Cam et moi, nous étions en pleine discussion – bon, c'était carrément une grosse dispute et je déversais ma bile en hurlant des flots de gros mots. Plus tard, alors que je boudais dans ma grotte, j'ai entendu Jane dire à Cam qu'elle n'avait pas à subir mes crises, que, d'accord, je n'avais pas eu une vie facile, mais que ça ne me donnait pas le droit de me conduire comme un vrai petit monstre. (Franchement, à nous voir toutes les deux, je me demande qui est le monstre !)

Enfin bref, après ça, je croyais toujours que Liz, elle au moins, était sympa. Au début, je me méfiais un peu parce qu'elle est prof. Mais elle ne ressemble pas du tout à Mme Sacavomi. Elle raconte des blagues cochonnes et elle est très rigolote. Elle a des rollers et m'a laissée les essayer, c'était génial. Je me suis super bien débrouillée. J'ai filé comme le vent, sans tomber une seule fois, c'était trop cool. Mais quand j'ai dit qu'il fallait que Cam m'achète des rollers parce que j'étais extrêmement douée, Liz s'est un peu énervée. Elle m'a répondu que Cam n'était pas cousue d'or.

Dommage !

Et elle m'a sorti tout un discours comme quoi ce n'est pas parce qu'on dépense beaucoup d'argent qu'on aime plus son enfant, et patati et patata. J'avais soudain l'impression qu'elle se transformait en Mme Sacavomi sous mes yeux !

Enfin je la trouvais toujours plutôt sympa quand même mais, un soir, elle est venue très tard alors que j'étais déjà couchée dans ma grotte. Je crois que Cam était en train de pleurer dans le salon parce qu'on s'était disputées à propos de je ne sais trop quoi… J'ai oublié. Bon, d'accord, je n'ai pas oublié : je lui avais pris un billet de dix livres dans son porte-monnaie – ce n'était pas du vol, juste un emprunt et, de toute façon, elle est censée subvenir à mes besoins, mais elle est tellement radine qu'elle ne me donne pas assez d'argent de poche. Et puis c'était juste un petit billet de dix livres – j'aurais pu lui en piquer vingt – et elle n'avait qu'à pas laisser traîner son porte-monnaie, d'abord. Elle vit dans son petit monde, cette pauvre Cam, elle n'aurait pas résisté cinq minutes au foyer.

Enfin bref, Liz est passée chez nous et je me suis faufilée hors de ma grotte comme un serpent pour entendre ce qu'elles racontaient. Je me doutais qu'elles parlaient de moi. Et j'avais raison.

46

Liz n'arrêtait pas de demander à Cam pourquoi elle était dans cet état. Au début, elle a tenu sa langue, mais elle a fini par cracher le morceau : cette peste de Jenny était une voleuse. Cam a commencé une liste. D'accord, je lui avais emprunté un stylo – bon, plusieurs – et une espèce de vieux pendentif que sa mère lui avait offert. Je ne voulais pas le casser, juste l'ouvrir pour voir ce qu'il y avait à l'intérieur.

Cam n'était qu'une sale rapporteuse et Liz l'encourageait à tout déballer, en disant que ça lui ferait du bien de parler et de pleurer un bon coup. Elle a sorti une théorie ridicule comme quoi, en volant, je cherchais à attirer l'attention parce que j'étais en manque d'affection. Franchement, les profs et les éducs ont de ces idées ! J'avais volé tout ça parce que j'avais besoin d'argent ou d'un stylo et que j'avais envie d'avoir ce pendentif. J'aurais voulu y mettre la photo de ma mère. Ma vraie mère. J'ai une photo d'elle où elle est super belle, une vraie star de cinéma, tout sourire. Et devinez à qui elle sourit ? Au petit bébé qu'elle a dans les bras et qui tire une mèche de ses magnifiques cheveux blonds. Moi !

J'aimerais que Cam ait de longs cheveux. J'aimerais qu'elle soit plus belle. J'aimerais qu'elle soit éblouissante comme une star de cinéma. J'aimerais qu'elle sourie plus souvent. Mais elle traîne sa carcasse, complètement déprimée. À cause de moi.

Elle a pleuré dans les jupes de Liz en disant que c'était fichu, que ça ne se déroulait pas comme elle l'avait espéré.

Je le *savais*. Je *savais* qu'elle finirait par ne plus vouloir de moi. Eh bien, tant pis. Moi, ça m'est égal.

Liz a dit que c'était juste un mauvais moment à passer, qu'il fallait que je m'exprime, que je trouve mes limites.

– Ouais, eh bien, pour moi, elle les a dépassées, les limites ! a répliqué Cam.

– Il ne faut pas que tu te mettes dans des états pareils, a conseillé Liz. Prends un peu de recul, Cam. Ta vie ne peut pas tourner en permanence autour de Jenny. Tu ne sors plus. Tu as même laissé tomber les cours.

– Oui, mais je ne peux pas la laisser toute seule le soir. Et quand j'ai parlé de faire venir une baby-sitter, elle l'a mal pris.

– Et la piscine, alors ? Ça te faisait du bien. Tu pourrais y aller avec Jenny, le matin avant l'école. Jane a dit qu'elle adorait nager.

– On n'a pas le temps. C'est déjà tout un cirque pour qu'elle soit prête à neuf heures. Ça aussi, c'est un problème. Elle ne s'intègre pas du tout à l'école et le directeur n'arrête pas de m'appeler. Je ne sais plus quoi faire.

– Et si tu en discutais avec elle ? Si tu lui disais ce que tu ressens ?

– Elle se fiche bien de ce que je ressens. Il n'y a qu'elle qui compte. En plus, elle ne va pas très bien non plus en ce moment et elle s'en prend à moi.

– Essaie de lui tenir tête pour une fois. Remets-la à sa place, lui a recommandé l'ignoble Liz.

– Voilà : c'est ça. Un problème de place. Elle est insupportable parce que c'est la première fois que quelqu'un lui fait une petite place dans sa vie. Du coup, elle ne sait pas comment réagir et elle prend *toute* la place.

J'étais contente qu'elle ait compris tout ça, je ne veux pas qu'elle s'apitoie sur mon sort. Je ne veux pas qu'elle me garde parce qu'elle a pitié de moi. Je veux qu'elle me garde parce qu'elle s'ennuie toute seule et que je donne un sens à sa vie et qu'elle m'adore. Elle dit qu'elle m'aime mais elle ne m'aime pas autant qu'une vraie maman. Elle refuse de m'acheter tout ce que je veux, de me donner plein d'argent et elle me force à aller à l'école alors que c'est nul.

Je n'y retournerai plus jamais. Je n'aurai qu'à sécher tous les jours, tranquille. Je me suis bien débrouillée, je suis rentrée pile à la bonne heure aujourd'hui. Cam était dans son vieux canapé défoncé en train d'écrire une histoire minable et misérable dans son carnet. Elle a sursauté quand j'ai fait irruption dans le salon, mais elle m'a souri. Soudain, ça m'a fait tout drôle, comme si elle m'avait manqué. Je me suis jetée sur le canapé à côté d'elle.

– Hé, Jen ! Attention au canapé, a-t-elle dit en se cramponnant pour ne pas tomber. Tu vas le casser ! Tu vas me casser !

– La moitié des ressorts est déjà toute écrabouillée.

– Je n'ai jamais prétendu que j'habitais un somptueux palace.

– Non, c'est plutôt une sordide poubelle, ai-je répliqué en me relevant pour donner un coup de pied dans un fauteuil.

– Arrête, Jenny ! m'a-t-elle ordonné sèchement.

Ha ha ! Elle avait donc décidé de me tenir tête, sur les conseils de sa super copine ! Mais, moi aussi, je peux lui tenir tête. Je peux même lui dévisser la tête.

Sentant que je me préparais à l'attaque, elle a soupiré :

– Ne commence pas, Jen. J'ai eu une rude journée. Au fait, mon dernier article, tu sais quoi ?

– Ils n'en ont pas voulu ?

– Ouais, ils l'ont refusé, je suis désabusée. En plus, je bloque sur le chapitre quatre de mon roman et...

– Et tu as envie, pour une fois, d'écrire un livre qui va se vendre. Avec plein d'action...

J'ai esquissé un mouvement de karaté. Je ne l'ai pas touchée, mais elle a cligné des yeux.

– ... de rebondissements...

J'ai sauté à pieds joints sous son nez.

– … et d'amoooouuur !

J'ai ondulé des hanches en battant des cils.

– Ouais, ouais, ouais, a répliqué Cam.

– Je vais devenir un auteur à succès, moi, tu verras, ai-je affirmé. Je ferai fortune.

J'ai regardé ce que Cam avait noté dans son carnet.

– J'écris beaucoup plus vite que toi. J'ai rempli des pages et des pages aujourd'hui, presque un livre entier.

– Pour l'école ?

– Euh, non…

Oh, oh. Attention, prudence.

– J'écris un truc perso. Pendant la récréation et à l'heure du déjeuner.

– Je peux jeter un œil ?

– Non !

Je n'ai aucune envie qu'elle voie mon carnet violet. Sinon elle va me demander où je l'ai acheté.

Et où j'ai trouvé l'argent. Elle va aller voir dans son sac et ce sera reparti pour une crise.

– D'accord, d'accord, c'est personnel, j'ai compris. Mais juste un petit coup d'œil ?

– Tu deviens pire que Sacavomi. Elle nous a fait rédiger notre autobiographie, cette vieille chouette curieuse, on devait écrire à propos de notre famille.

Cam s'est raidie et a oublié mon carnet – comme je l'avais prévu !

– Elle voulait que je parle de ma mère adoptive…

– Alors tu as fait mon portrait ?

– Non, j'ai décrit ma vraie mère, sa carrière d'actrice à Hollywood. Elle est tellement demandée qu'elle n'a même pas le temps de venir me voir, tu sais.

– Je sais.

– Et cette vieille bique de Sacavomi ne m'a pas crue. Elle s'est moquée de moi.

– Mais c'est affreux !

– Tu me crois, toi, Cam ? Au sujet de ma mère ? Je l'ai dévisagée très attentivement.

– Eh bien… Je sais que ta mère compte beaucoup pour toi, Jenny.

– Ah, tu penses que j'ai tout inventé, c'est ça ?

– Non ! Non, si… si tu crois que c'est vrai.

– Eh bien, ce n'est pas vrai. C'est faux ! ai-je

53

hurlé. Complètement faux. J'ai tout inventé. C'est ridicule et pathétique. Elle n'a jamais été actrice, elle se moque complètement de moi, c'est tout.

– Tu n'en sais rien, Jenny.

Cam a essayé de me prendre dans ses bras, mais je me suis dégagée de son étreinte.

– Si, je le sais. Je ne l'ai pas vue depuis des années. Je passais mes journées à l'attendre au foyer. Quelle idiote. Elle ne viendra jamais me chercher. Quand on lui demande : « Jenny Bell, ça te dit quelque chose ? », je suis sûre qu'elle fronce les sourcils en murmurant : « Jenny ? Attends… Oui, j'ai déjà entendu ce nom-là quelque part. Qui est-ce ? » Tu parles, elle s'en fiche totalement. Eh bien, moi aussi. Ce n'est plus ma mère, je n'en veux pas.

Je n'avais pas prévu de dire tout ça. Cam me fixait. Je la fixais. J'avais la gorge sèche et les yeux qui me piquaient. J'étais au bord des larmes mais, bien sûr, je ne pleure jamais.

Cam me regardait. Mes yeux se sont embués et elle est devenue toute floue. J'ai fait un pas vers elle en tendant les bras comme si j'étais perdue dans le brouillard.

Et là, le téléphone a sonné. On a toutes les deux sursauté. J'ai cligné les yeux. Cam m'a dit de ne pas décrocher, tant pis. Mais je ne supporte pas de laisser un téléphone sonner, alors j'ai répondu.

C'était Helen la Baleine. Elle ne voulait pas me parler, elle m'a demandé de lui passer Cam. Génial. C'est *mon* éducatrice. Et c'était pour parler de *moi*. Mais il a d'abord fallu qu'elle le dise à Cam. Et, seulement après, elle me l'a dit à moi.

Vous ne devinerez jamais…

C'est ma mère.

Elle a contacté le foyer.

Elle veut me voir !

Chez Helen

Je ne suis jamais allée chez Helen, dans sa maison. Seulement dans son bureau. Mais elle fait son possible pour qu'on s'y sente chez soi. Elle a tout plein de photos d'enfants au mur. J'y suis, quelque part. Elle a choisi celle où je louche en tirant la langue. Et elle a un énorme ours en peluche qui louche aussi sur son classeur à tiroirs. Il terrorise un petit lapin mauve aux oreilles tombantes installé entre ses pattes. Et sur son bureau trône une vieille carte de la Saint-Valentin où il est écrit (j'ai jeté un œil vite fait) : « Pour mon Petit Lapin de la part de ton Gros Ours. » BEURK ! Dans un cadre, il y a une photo d'un gars tout poilu avec des lunettes aux verres super épais, qui doit être Gros Ours. Et, un peu partout, elle a accroché des cadres avec des petites phrases comme : « Il n'est pas obligatoire d'être fou pour travailler ici, mais ça aide », et un poème à propos d'une vieille dame habillée en violet et un long long discours qui explique qu'il faut écouter l'enfant qu'on a dans son cœur. Je me moque bien de l'enfant qu'Helen a dans son cœur. Je suis l'enfant qu'elle a dans son bureau et elle ne m'écoute pas, même quand je hurle à pleins poumons.

– Calme-toi, Jenny !

– Je n'ai pas envie de me calmer. J'ai envie de voir ma mère. J'ai attendu assez longtemps. Des années, même ! Alors je veux voir ma mère tout de suite !

– On n'obtient rien en hurlant de cette façon, Jenny, a répliqué Helen. Tu devrais pourtant savoir comment ça fonctionne, maintenant.

– Je ne sais rien du tout. Pourquoi je ne peux pas voir ma mère TOUT DE SUITE ?

– Parce qu'il faut préparer cette rencontre.

– Préparer ? Mais j'ai attendu la moitié de ma vie. Je ne vois pas comment je pourrais être plus prête !

– C'est exactement ça, Jenny. On ne voudrait pas que tu t'emballes.

– Et vous pensez qu'en me disant que ma mère veut me voir, puis que je ne peux pas la voir, je vais garder mon calme ?

– Je n'ai pas dit que tu ne pouvais pas la voir, bien sûr que tu vas la voir.

– Quand ?

– Quand nous aurons fixé un rendez-vous.

– Qui ça, nous ?

– Eh bien… il faut que je sois là. Et Cam aussi.

– Pourquoi ? Pourquoi je ne peux pas voir ma mère toute seule ?

Une fois, j'avais passé une journée toute seule avec ma mère. Je m'en souviens. Si, si, je m'en souviens. On s'était bien amusées, maman et moi. Elle est super belle, ma maman. Avec ses longs cheveux blonds qui ondulent sur ses épaules, habillée chic et en talons hauts. Elle est splendide. Enfin, elle était splendide la dernière fois que je l'ai vue. Ça remonte à un bout de temps.

Une éternité.

Pourtant je m'en souviens. J'étais au foyer mais, au début, ma mère me rendait visite de temps en temps. Ce jour-là, elle m'avait offert une poupée et emmenée au McDonald's. On avait passé une journée formidable. Et elle m'avait embrassée pour me dire au revoir. Je me souviens de ses boucles blondes qui me chatouillaient la joue et de son odeur de poudre, douce et sucrée. Je m'étais agrippée à son cou, si bien que, quand elle s'était levée, j'étais cramponnée à elle comme un petit singe et ça l'avait énervée parce que mes chaussures avaient laissé des traces de boue sur sa jolie jupe noire et j'avais peur qu'elle soit en colère et qu'elle ne revienne plus jamais me voir.

J'avais dit : « Tu reviendras, hein, maman ? Tu

reviendras samedi prochain et on ira au McDonald's ? Promis ? »

Elle avait promis.

Mais elle n'est jamais revenue. Le samedi suivant, j'ai attendu. Et le samedi d'après. Et le samedi d'encore après.

Elle n'est jamais revenue. Elle n'est pas revenue parce qu'elle a reçu une proposition extraordinaire pour tourner un film génial à Hollywood et...

Personne ne me croit. Pourquoi est-ce que je continue à raconter les mêmes histoires débiles ? Si ça se trouve, ce n'est même pas une véritable actrice. En tout cas, elle n'a jamais joué dans aucun film que je connaisse. Elle n'est pas revenue parce qu'elle ne voulait pas s'embêter avec moi. Elle m'a laissée en foyer. Pendant des années.

J'ai été placée en foyer parce qu'elle ne s'occupait pas bien de moi. Elle n'arrêtait pas de sortir avec ses petits amis en me laissant toute seule. Et un jour, elle a eu un nouveau copain qui me frappait dès que j'ouvrais la bouche. J'ai jeté un œil dans mon dossier. Mais je m'en souviens aussi un peu. J'en fais encore des cauchemars.

Alors pourquoi veut-elle me voir tout à coup ?

Je n'ai pas envie, moi.

Enfin si...

Malgré tout ce qu'elle m'a fait ?

C'est quand même ma mère.

Mais j'ai Cam, maintenant.

Ce n'est pas ma mère, juste ma famille d'accueil. Et elle en a assez de moi, de toute façon.

Enfin, je ne sais pas.

Je crois qu'il faut que j'en parle à Helen.

Avant de la revoir la fois suivante, j'ai donc tout préparé dans ma tête. Elle m'a accueillie avec un sourire jusqu'aux oreilles.

– Ah, Jenny ! Tu vas être contente. Tout est arrangé, tu vas pouvoir voir ta maman.

Elle avait l'air ravie, on aurait dit un lapin dans un champ de laitues.

– Je n'ai pas envie de la voir.

Helen a plissé son petit nez de lapin.

– Quoi ?

– Tu as entendu. Je ne suis pas obligée de la voir si je n'en ai pas envie. Et je n'ai pas envie.

– Jenny, tu vas finir par me tuer, a-t-elle répondu en soupirant, découvrant ses grandes dents de lapin.

Elle louchait un peu, signe d'intense concentration. Je sais qu'elle comptait dans sa tête, lente-ment, jusqu'à dix. C'est son truc pour essayer de se calmer. Arrivée à dix, elle m'a adressé un grand sourire forcé.

– Je comprends, Jenny.

– Non, tu ne comprends rien du tout.

– C'est tout à fait normal que cette rencontre t'angoisse. C'est très important pour toi. Mais j'ai discuté à plusieurs reprises avec ta mère au téléphone et elle a l'air d'avoir aussi hâte que toi de te revoir. Je suis sûre qu'elle viendra, cette fois, Jenny.

– J'ai dit que je ne voulais pas la voir, ai-je décrété.

Mais j'ai bien vu qu'Helen n'était pas dupe. Elle m'a prise au mot.

– Très bien, puisque tu ne veux pas voir ta mère, je vais l'appeler pour annuler, a-t-elle répondu en décrochant son téléphone.

– Hé, attends. Pas la peine de s'emballer.

Elle a ricané.

– Ha ha ! je t'ai eue !

– Ce n'est pas une attitude très professionnelle de se moquer de moi comme ça, ai-je répliqué d'un ton hautain.

– Tu ferais perdre patience à une sainte, Jenny.

Elle m'a ébouriffé les cheveux.

– Bon, alors, comment ça se passe avec Cam ?

– Pas mal… je crois.

– Elle est absolument d'accord pour que tu revoies ta mère, tu sais, mais ça doit quand même être un peu dur pour elle.

– C'est ça, être famille d'accueil, non ? Savoir se mettre en retrait quand il le faut. Encourager les relations avec la famille de naissance. J'ai lu les brochures.

– Quel grand cœur, Jenny, a soupiré Helen.

– Non, Helen, je suis absolument sans cœur ! Et voilà… Je vois ma mère demain !

C'est sans doute pour ça que je ne dors pas encore alors qu'il est trois heures du matin. J'écris, j'écris. Je me demande à quoi elle ressemble. Et si elle va venir.

Oh, oh ! J'entends du bruit. Cam a repéré la lumière.

Plus tard… Je pensais qu'elle serait en colère, mais elle nous a fait une tisane et on s'est assises toutes les deux sur mon lit pour la boire. D'habitude, je n'aime pas tellement ses trucs aux herbes, mais elle m'a acheté une infusion à la fraise qui n'a pas trop mauvais goût.

J'ai cru qu'elle voulait que je lui confie ce que j'avais sur le cœur (ce cœur que je n'ai pas), mais heureusement elle m'a raconté que, quand elle était petite et qu'elle n'arrivait pas à dormir, elle inventait des histoires dans sa tête.

– Ouais, moi aussi, des histoires affreuses de créatures assoiffées de sang.

– Non, petit monstre, des histoires rassurantes...

Elle imaginait que sa couette était un gros oiseau blanc qui la prenait sur son dos et s'envolait à travers la nuit étoilée. Il se posait sur un grand lac où ils flottaient dans le noir, puis il l'emmenait jusqu'à son grand nid fait de mousse...

– Plein de saletés et de crottes d'oiseau, ai-je proposé.

– Non ! Tout doux, moelleux et douillet, et le grand oiseau déployait ses ailes pour que je me blottisse en dessous, bien tranquille, bien au chaud, bercée par le battement de son cœur sous ses plumes blanches comme neige.

– Oh, je vois. C'est censé m'aider à me rendormir ! me suis-je exclamée alors qu'elle prenait ma tasse et me bordait en m'ébouriffant les cheveux. (Pourquoi tout le monde me fait ça, comme si j'étais un petit chien tout fou ?)

Quand je me suis retrouvée dans le noir, j'ai essayé de me raconter son histoire. Sauf que j'étais dans ma grotte sinistre et que je suis Jenny Bell, pas cette chochotte de Cam. Alors j'ai imaginé que je volais à travers la nuit sur le dos d'une chauve-souris vampire géante. On pénétrait chez les gens par la fenêtre pour mordre le cou de Mme Sacavomi ou croquer le bout du nez de Roxanne. Le temps que leurs cris résonnent dans la nuit, nous avions déjà disparu dans les ténèbres. Et la chauve-souris m'emmenait dans sa grotte pour qu'on se suspende par les pieds avec tous nos copains chauves-souris et après je

ne me souviens plus parce que je crois que je me
suis endormie.

Mais je ne dors plus. Je me suis réveillée aux
aurores. J'attends.

Je me demande si elle va venir.

Elle est venue ! Elle est venue ! Elle est venue !

Cam m'a accompagnée, mais elle a attendu
dehors et, surprise, surprise, Helen aussi. Elle
m'a laissée toute seule dans son bureau. Les
grandes retrouvailles allaient donc avoir lieu
dans l'intimité. Juste ma mère et moi.

J'étais dans le bureau d'Helen en train de
tournoyer sur sa chaise à roulettes lorsqu'une
dame est entrée et s'est plantée devant moi.
C'était une dame pas très grande avec des cheveux très blonds, beaucoup de rouge à lèvres,
une jupe très courte et des talons très hauts.

Une très belle femme avec de longs cheveux soyeux, un visage souriant et une tenue super chic et stylée.

Ma mère.

Je l'ai reconnue tout de suite.

Mais pas elle. Elle est restée plantée devant moi à cligner les paupières, on aurait dit qu'elle s'était mis sa brosse à mascara dans l'œil.

– Jenny ?

Comme s'il y avait d'autres enfants dans la pièce !

– Bonjour, ai-je fait d'une petite voix haut perchée.

– Tu ne peux pas être ma Jenny ! s'est exclamée maman en secouant la tête. Tu es trop grande !

Je suis plutôt petite et maigre pour mon âge, alors je ne comprenais pas bien.

– Ma Jenny est une toute petite fille. Une drôle de petite fille avec deux petites nattes toutes droites. C'est un vrai cirque pour la coiffer.

Elle m'a dévisagée en plissant les yeux.

– C'est bien toi ?

J'ai pris une mèche de mes cheveux et fait mine de la tresser.

– Tu avais un sale caractère quand tu étais petite. C'est bien toi, hein ? Ma Jenny !

– Maman !

– Eh bien...

Il y a eu un silence. Maman a tendu les bras vers moi, puis elle s'est reprise et a fait semblant de s'étirer.

– Eh bien..., a-t-elle répété. Comment ça va, alors, ma chérie ? Je t'ai manqué ?

J'ai parcouru ma mémoire, je voulais lui raconter tout ce qui s'était passé, tous mes souvenirs. Pourtant, je n'y arrivais pas. D'habitude, je suis un vrai moulin à paroles, demandez à n'importe qui. Mais là, j'ai tout juste réussi à hocher la tête.

Maman a eu l'air un peu déçue par ma réponse.

– Toi, tu m'as affreusement manqué ! Je n'arrêtais pas d'échafauder des plans pour te récupérer, mais ça ne tournait jamais comme je voulais. J'étais coincée par ceci, puis cela…

– Les films ? ai-je murmuré.

– Mmm.

– À Hollywood ?

– Pas vraiment.

– Mais tu es bien actrice, hein, maman ?

– Oui, ma chérie. Et je suis aussi mannequin, je fais beaucoup de photos. De toutes sortes. Enfin, bref. Je savais qu'on serait à nouveau réunies un jour, toi et moi, mais je voulais que ce soit parfait, tu vois.

Je ne voyais pas, mais je n'ai rien dit.

– Je suis toujours tombée sur des sales types, m'a confié ma mère en se perchant sur le bord du bureau d'Helen, fouillant dans son sac.

– Je m'en souviens, ai-je murmuré avec précaution. Surtout d'un que je détestais.

– Ouais, eh bien, ça n'a pas été le seul, malheureusement. Et le dernier ! Une ordure !

Elle a secoué la tête, s'est allumé une cigarette et en a tiré une longue bouffée.

Helen ne veut pas qu'on fume dans son bureau, elle est très stricte là-dessus. D'ailleurs, il est interdit de fumer dans tout le foyer. Si le personnel ou les visiteurs veulent fumer, ils doivent se tasser sous le porche de derrière. J'étais sûre que le détecteur de fumée allait se déclencher d'une seconde à l'autre.

– Maman, ai-je dit en désignant du menton le panneau avec une cigarette barrée affiché au mur.

Elle a claqué la langue d'un air méprisant en prenant une autre bouffée.

– Je lui ai donné mon cœur, à ce type, a-t-elle repris en se frappant la poitrine, saupoudrant son pull de cendres. Et tu sais ce qu'il en a fait ?

Elle s'est penchée vers moi.

– Il l'a piétiné !

Elle a donné un coup de talon haut par terre, joignant le geste à la parole.

– Ah, les hommes ! ai-je lancé en imitant le ton que prenaient fréquemment Cam, Liz et Jane.

Maman m'a regardée et, brusquement, elle a éclaté de rire.

Comme je me sentais bête, j'ai fait tournoyer la chaise d'Helen.

– Hé, arrête, tu me donnes mal au cœur. Approche ! Tu n'as pas envie d'embrasser ta maman après tout ce temps ?

– Si, ai-je répondu timidement, bien que je ne sois pas trop « bisou-bisou ».

Maman a penché la tête sur le côté et j'ai déposé un baiser sur sa joue poudrée. Son odeur sucrée m'a soudain donné envie de la serrer fort, fort, fort.

– Oh là, doucement, ma chérie ! Attention à ma cigarette ! Pas la peine de faire tout ce cinéma. Dis donc, c'est toi, la comédienne ! Regardez-moi ça, de vraies larmes ! s'est-elle exclamée en m'essuyant le visage.

– Non, je ne pleure jamais, ai-je répondu en reniflant. J'ai le rhume des foins, c'est tout.

– Je ne vois pas de foin dans ce bureau, a répliqué ma mère en regardant autour d'elle.

Sa cigarette commençait à avoir une longue cendre. Elle l'a fait tomber dans la tasse « Petit Lapin ». J'espérais qu'Helen regarderait à l'intérieur avant de prendre un café, la prochaine fois.

– Je suis allergique à un tas de trucs, ai-je affirmé en m'essuyant le nez.

– Hé, tu n'as pas de mouchoir ? a protesté ma mère d'un ton de reproche. J'espère que tu n'es pas allergique à moi !

– Peut-être que c'est ton parfum… mais il sent très bon.

– Ah…, a-t-elle murmuré en m'essuyant avec son mouchoir, c'est Poison ! Le minable m'en a offert un grand flacon avant de disparaître. Tiens, j'aurais dû l'empoisonner. Quel culot ! Il est parti avec une gamine à peine plus âgée que toi.

– Classique ! ai-je commenté.

Maman a pouffé à nouveau.

– Où vas-tu chercher tout ça, toi ?

– Cam n'arrête pas de dire : « Classique ! » ai-je répondu sans réfléchir.

– C'est qui, Cam ? a voulu savoir maman.

J'ai eu un coup au cœur.

– Euh… ma mère adoptive.

Maman s'est redressée pour jeter le mouchoir mouillé dans la poubelle. Elle l'a manquée, mais ça n'a pas eu l'air de la déranger.

– Ah…, a-t-elle fait en pinçant le bout de sa cigarette pour l'éteindre.

Elle l'a lancée en direction de la corbeille, manquant encore son but.

– Cette fille qui s'est prise d'affection pour toi. Ton éducatrice…

Maman a baissé la voix, désignant le bureau d'un geste circulaire.

– … comment elle s'appelle, déjà ?

– Helen la Baleine.

Maman a retrouvé le sourire et s'est remise à glousser.

– Ah oui, une vraie baleine ! Mais, quand même, tu devrais tenir ta langue, Jenny.

J'ai tiré la langue et je l'ai attrapée avec mes deux mains, comme si j'essayais de la retenir.

Maman a soupiré en secouant la tête.

– Insolente ! Bref, elle m'a rappelée – enfin ! – et elle m'a dit que cette bonne femme sortie de je ne sais où t'avait retirée du foyer. C'est vrai ?

J'ai hoché la tête.

Maman a allumé une nouvelle cigarette, très agacée.

– Pourquoi as-tu accepté ? Tu n'as pas envie de vivre avec cette femme, hein ?

Je ne savais pas quoi répondre. Je me suis contentée de hausser les épaules.

– Elle m'a l'air un peu bizarre, si tu veux mon avis. Célibataire, sans un sou. Aucun goût à en juger par ta tenue. Où t'achète-t-elle tes vêtements ? Aux puces ?

– Comment tu as deviné ?

– C'est pas vrai ! Quand même, ils pourraient mieux choisir les familles d'accueil. De toute façon, tu n'as pas besoin d'une autre mère. Ce n'est pas comme si tu étais orpheline. Tu as une mère. Moi.

Je l'ai dévisagée.

Elle a soupiré à nouveau en tirant sur sa cigarette.

– Et moi qui pensais que tu étais en sécurité au foyer pour enfants où on s'occupait bien de toi.

– Je ne veux pas y retourner ! ai-je explosé.

Maman m'a regardée en plissant les yeux.

– Pourquoi ? Qu'est-ce qu'ils t'ont fait, dis-moi ?

– C'était horrible ! Ils me mettaient en isolement dès que je faisais le moindre petit truc et j'étais leur souffre-douleur. Tout était toujours de ma faute. Et il y avait une fille, Justine… elle n'arrêtait pas de me frapper. Enfin, je ne me laissais pas faire. Et puis on jouait au jeu des défis et j'étais beaucoup plus forte qu'elle. Une fois, j'ai fait le tour du foyer toute nue. Justine a mangé un ver de terre, mais moi, j'en ai avalé deux tout grouillants…

– Eh ben, tu es une vraie dure alors ! Ils ne t'ont pas bien élevée, dans ce foyer. Mais ne t'inquiète pas, tu n'y retourneras pas.

– Alors… je vais rester chez Cam ?

Maman a penché la tête sur le côté.

– Tu ne veux pas venir vivre avec moi ?

Je l'ai regardée. Fixement. Pendant cinq bonnes minutes. J'aurais voulu pouvoir rembobiner la scène pour entendre à nouveau ces mots. Encore et encore. Je n'y croyais pas. Elle plaisantait ou quoi ?

– C'est vrai ? Tu veux me reprendre avec toi, maman ?

– C'est ce que je viens de dire.

– Pour combien de temps ? Toute une semaine ?

– Une semaine ? Non, pour la vie !

– Waouh !

Comme elle avait toujours sa cigarette à la main, je n'ai pas pu lui sauter au cou. À la place, j'ai sauté sur la chaise d'Helen et j'ai tourné, tourné, tourné !

– Ne fais pas ça, tu me donnes mal à la tête ! a gémi maman.

Je me suis arrêtée net.

– Il est temps qu'on se retrouve, ma puce. Tu m'as tellement manqué, ma petite chérie. Maintenant, on va passer notre vie ensemble.

J'avais l'impression qu'elle m'avait prise par la main et qu'on montait un escalier en or qui nous menait au paradis quand, soudain, j'ai trébuché sur une marche parce que je venais de penser à quelque chose.

– Et Cam, alors ?

– Quoi, Cam ? a répliqué ma mère.

Elle a pris une dernière bouffée avant d'écraser rageusement sa cigarette dans la tasse « Petit Lapin ». J'ai imaginé sa petite queue duveteuse en feu.

– On s'en fiche, de cette Cam. Elle ne fait pas partie de la famille. Oh, Jenny, on va bien s'amuser ensemble. D'abord, on va t'acheter quelques vêtements pour que tu sois un peu plus chic…

– Je serai super chic, t'inquiète, maman. Tu vas m'acheter des marques ?

– Les meilleures marques pour ma petite fille. Pas des trucs de supermarché. Je ne veux pas que tu sois habillée comme tous les autres. Il te faut quelque chose de spécial.

– Tout à fait d'accord ! me suis-je exclamée en tournoyant une dernière fois. De vraies marques, pas des imitations ?

– Pour qui me prends-tu ? a-t-elle répliqué, les mains sur les hanches.

– Pour ma maman !

Et voilààààààà… Tout est bien qui finit bien. Mon histoire se termine en vrai conte de fées, comme j'en ai toujours rêvé, alors que je n'en suis qu'à la moitié de ce carnet ! Je vais vivre avec ma mère. Oui, oui, oui. Dès que nous aurons tout réglé avec Helen.

– Je m'en occupe, a assuré maman.

Et aussi avec Cam…

Cam…

Chez Alexandre

Je suis furieuse après Cam. Franchement, ça a été terrible de lui annoncer la nouvelle. Je me sentais affreusement coupable. J'étais au bord des larmes. Mais vous savez quoi ? Apparemment, elle s'en moque ! Elle n'a même pas crié, pas pleuré, elle ne s'est pas agrippée à moi. Elle est restée assise là, à se ronger les ongles, alors qu'elle est furieuse quand je le fais. Elle n'a rien dit. Pas un seul mot. Pas de : « Non, ne m'abandonne pas, Jenny chérie, tu es tout pour moi, je ne peux pas vivre sans toi. » Non, rien du tout.

Ça m'a un peu énervée, alors je lui ai raconté que ma mère trouvait que j'étais habillée comme un sac à patates et qu'elle allait me refaire une garde-robe à la mode avec les plus grandes marques. Je pensais que ça, ça allait la toucher. Je pensais qu'elle allait s'écrier : « Oh, Jenny, je m'en veux tellement de ne pas t'avoir acheté un seul vêtement correct, mais tu sais quoi ? Si tu me promets de rester avec moi, je t'emmène faire les magasins tout de suite et j'agiterai ma carte bleue comme une baguette magique pour t'acheter tout ce que tu désires, peu importe le prix, du moment que tu restes vivre avec moi. » Mais pas du tout. Elle n'a pas ouvert la bouche.

Là, j'étais hors de moi parce qu'elle se fichait visiblement complètement de ce qui pouvait m'arriver, alors j'en ai rajouté en énumérant tout ce que ma mère allait m'offrir – un ordinateur, des rollers, un nouveau vélo, un séjour à Disneyland –, mais elle n'a pas réagi. Elle n'a pas essayé de surenchérir. Elle n'en avait rien à faire. Elle restait là, à se ronger les ongles, comme si tout ça était d'un ennui… On voyait qu'elle avait hâte de se débarrasser de moi.

Là, j'étais vraiment en colère, je n'avais qu'une envie : mettre une grosse paire de Doc Martens pour la piétiner. J'ai continué à me vanter que ma mère était incroyablement belle, super chic et qu'on s'était fait de gros câlins comme si on ne s'était jamais quittées.

Cam ne répondait toujours rien. Ronge, ronge, elle se rongeait les ongles jusqu'à l'os.

– Dis quelque chose ! ai-je ordonné.

Mais elle restait là, assise dans son canapé. Enfin, elle a ôté sa main de sa bouche pour murmurer :

– Je ne sais vraiment pas quoi dire.

Et elle se prétend écrivain !

Je suis allée me planter devant elle. Elle était toute ratatinée comme si je l'avais réellement piétinée. Ça m'a serré le cœur. J'avais soudain l'impression que c'était ma petite fille et que j'étais sa mère.

– Tu es triste, hein, Cam ? ai-je demandé d'une voix douce.

Elle a marmonné quelques mots inintelligibles avant de s'attaquer à nouveau à ses ongles.

Je lui ai pris la main.

– Tu es triste que ma mère soit revenue, c'est ça ?

Elle n'a pas répondu tout de suite. Puis elle m'a adressé un grand sourire, jusqu'aux oreilles.

– Non, je suis contente pour toi, Jenny.

Je lui ai lâché la main, comme si je m'étais brûlée, et je me suis ruée hors de la pièce.

Elle était contente ! Elle souriait de toutes ses dents.

Apparemment, elle a hâte de se débarrasser de moi. Elle s'en fiche complètement. Eh bien, moi aussi, je m'en fiche. Je n'ai pas besoin d'elle. J'ai ma mère, maintenant.

Je vais aller vivre avec ma maman, et tant pis si je ne revois jamais Cam. Ça m'est égal. Je vais mettre ma vie sur pause jusqu'à ce que j'aille habiter chez ma mère. Et je n'irai plus en cours non plus.

J'ai quelques soucis à l'école en ce moment. J'ai lancé le jeu des défis un peu sans le vouloir. Comme elle sait que ça me touche, Roxanne a recommencé à me traiter de bâtarde, alors je l'ai mise au défi de répéter son insulte devant Mme Sacavomi.

Je pensais qu'elle allait se défiler. Mais, les yeux étincelants, elle a répondu :

– D'accord.

Elle a foncé voir Sacavomi pour annoncer :

– Jenny Bell m'a dit de répéter ce vilain mot, madame Saca.

Là, elle l'a répété en prenant soin d'ajouter, tout innocente :

– C'est malpoli ?

Et devinez qui s'est fait punir...

– J'ai gagné le pari, a décrété Roxanne.

Je lui ai tiré la langue en la remuant de façon extrêmement grossière.

– À moi de te lancer un défi, maintenant, a-t-elle dit. T'es pas cap d'agiter ta langue comme ça devant Mme Sacavomi !

Alors je l'ai fait. Et devinez qui s'est fait punir une fois de plus...

– À mon tour, maintenant, ai-je dit en courant rejoindre Roxanne à la récréation.

J'ai jeté un coup d'œil dans les toilettes, prise d'une soudaine inspiration.

– Bien... T'es pas cap de rentrer dans les toilettes des garçons !

Alors elle l'a fait. Mais elle a prétendu que je l'avais poussée. Et c'est encore moi qui me suis fait punir.

C'était à elle de me lancer un défi. Elle a attendu l'heure du déjeuner. On avait des spaghettis bolognaise. Je n'aime pas ça. Cette sauce rouge sang où les pâtes grouillent comme des vers… J'ai repoussé mon assiette.

– Tu n'en veux pas, Jenny ? s'est étonnée Roxanne, les yeux brillants. Tiens, t'es pas cap de te renverser l'assiette sur la tête.

Alors je l'ai fait. Et comme Roxanne et sa bande d'idiotes de copines se tordaient de rire, j'ai vidé l'assiette de Roxanne sur *sa* tête.

Et je me suis fait super punir. J'ai dû passer le restant de la journée debout devant la porte du bureau du directeur, punition suprême. M. Hatherway a secoué la tête en m'apercevant.

– Original comme coiffure, a-t-il commenté en

saisissant entre deux doigts un des spaghettis qui pendouillaient sur mon front. On dirait que tu as gagné le jackpot aujourd'hui, Jenny. Qu'est-ce que Mme Saca va faire de toi, hein ?

J'étais sûre qu'elle allait inventer une nouvelle forme de torture.

Je n'ai aucune envie de subir la terrible vengeance du Sacavomi. Alors je ne vais même pas me présenter à l'école pour l'appel. Qu'est-ce que ça peut me faire s'ils téléphonent à Cam ? Je ne vais pas rester longtemps dans cette école, de toute façon. Ma mère va m'envoyer dans un excellent établissement où je serai une vraie star grâce à mes nouvelles tenues de marque et tout le monde me craindra et voudra être mon ami et même les professeurs me trouveront géniale et je serai la meilleure élève et la plus chouette fille de toute l'école.

Attendez un peu. Vous verrez.

Bref, quand Cam m'a déposée à l'école ce matin, je lui ai fait un petit signe pour lui dire au

revoir et j'ai filé au pas de course. Je suis entrée
dans la cour, j'en ai fait le tour et je suis ressortie,
courant toujours. J'ai couru, couru, couru dans la
rue pendant des heures, comme s'il y avait des
chasseurs de Jenny à mes trousses, brandissant
filets, pinces et crochets. Je ne sais même pas
pourquoi je courais comme une dératée.

Puis, soudain, j'ai su où j'allais. Chez moi.

Au moment où je tournais dans « ma » rue, un
ballon de foot a surgi, fendant les airs, prêt à m'assommer. Mais je suis Super Jenny, le meilleur goal
du monde, qui réagit au quart de seconde. J'ai
bondi, je l'ai attrapé et j'ai plaqué le ballon contre
ma poitrine – sauvée !

– Waouh ! me suis-je écriée, épatée par mon
talent.

C'est alors qu'un gros costaud a rappliqué, la
tête ronde comme un ballon de foot, hérissée de

petits piquants. Une coupe de cheveux de tueur !
Il devait se faire ça au rasoir.

— Rends-moi mon ballon, a-t-il ordonné.

— Tu as vu comme je l'ai bloqué ? me suis-je vantée en sautillant. Quelle réception !

— Pur coup de bol, a répliqué le footeux.

Il m'a piqué la balle et s'est mis à dribbler.

— Pur talent ! ai-je protesté. Allez, envoie, voir si je la rattrape.

— Je ne joue pas avec les filles.

— Les filles sont pourtant douées en foot. Enfin, moi, en tout cas. Allez, on joue ?

— Non, dégage, fillette !

Soudain, je me suis jetée sur lui. Il s'est raidi, surpris, pensant que j'allais le frapper, et en a oublié son ballon. Et, grâce à une habile frappe en crochet du bout du pied, je le lui ai piqué !

— Et un superbe tacle de Jenny Bell, ai-je commenté en lui donnant un coup de coude. Quel subtil jeu de jambes. Elle se débrouille vraiment bien, cette… aïe !

Football, lui, ne faisait pas dans la finesse. Il a cogné, boum ! Je suis tombée, ouille !

Je suis restée là, étalée de tout mon long. Il s'est penché vers moi, en faisant rebondir le ballon juste à côté de ma tête.

– Ça va, fillette ?

– Ouais, ouais, je fais juste une petite sieste sur le trottoir, ai-je marmonné.

– Je ne voulais pas t'envoyer au tapis. Je ne pensais pas que tu étais aussi petite.

– Je ne suis PAS petite !

– Tiens.

Il m'a tendu sa grosse paluche rose pour m'aider à me relever.

– Là, ça va mieux ? Enfin, c'est de ta faute aussi, tu n'aurais pas dû faire l'andouille avec mon ballon.

– Je ne faisais pas l'andouille, je t'ai taclé ! Ta défense ne vaut pas un clou. Regarde…

Et, pour prouver ce que j'avançais, j'ai bondi brusquement mais, cette fois, il s'y attendait et a écarté la balle avant que je puisse m'en saisir.

– Laisse tomber, fillette ! s'est-il esclaffé avant de s'éloigner en dribblant.

– Attends ! Hé, Football, reviens. Joue un peu avec moi, allez ! Il n'y a personne d'autre. Allez !

Mais il avait disparu.

– Tant pis pour toi. De toute façon, t'es nul en foot ! ai-je crié.

Puis je suis repartie en traînant la patte. Chez moi. J'avais décidé que ce serait ma maison à moi. Jusqu'à ce que j'aille vivre chez ma mère, dans une vraie maison.

Je n'avais pas apporté de coussin ni de couverture, finalement. Ni même de provisions. J'ai fouillé dans mes poches, à la recherche d'un bonbon ou d'un biscuit oublié. Tout ce que j'ai trouvé, c'est un vieux chewing-gum mâchouillé enveloppé dans un coin de mouchoir. Enfin, je crois que c'était un chewing-gum. Quoi qu'il en soit, ce n'était pas très appétissant. En plus, je n'avais pas d'argent sur moi non plus. Bon, j'allais devoir jouer au top model qui se laisse mourir de faim dans sa maison. Et ce n'est pas mon jeu préféré.

Mais quelque chose d'incroyable est arrivé. J'ai pris le petit chemin qui se faufile dans les broussailles à l'arrière, retournant du bout du pied un emballage de poulet frit, au cas où (dommage, il ne restait plus que les os). Je suis passée par la fenêtre au carreau cassé, j'ai traversé la cuisine et, lorsque je suis entrée dans le salon, j'ai entendu l'écho de mes pas qui résonnait sur le plancher nu. Les rideaux étaient tirés, il faisait donc assez sombre, mais je distinguais tout de même mon vieux canapé en velours rouge au milieu de la pièce… avec un gros coussin noir d'un côté et une couverture bleue étalée pour cacher les dernières traces de boue.

C'était fou ! Comme si je les avais fait apparaître par magie. J'avais l'impression d'être dans un conte de fées. Je les ai examinés en plissant les

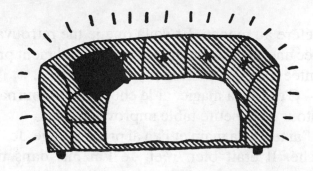

yeux, à la recherche des mains invisibles qui les avaient déposés là. C'était drôle comme idée, non ? Un peu effrayant, mais drôle. Peut-être que les mains fantômes étaient cachées dans un coin, prêtes à matérialiser le moindre de mes désirs.

– Très bien, le coussin et la couverture, c'est parfait, mais il faudrait un petit quelque chose à manger, ai-je dit en claquant des doigts.

Je me suis figée brutalement, la main en l'air. Près de la fenêtre, je venais d'apercevoir un carton retourné et couvert d'un torchon à carreaux, en guise de petite nappe. Il y avait aussi une assiette en carton remplie de Smarties disposés en cercles de couleurs – marron, vert, bleu, mauve, rose, rouge, orange et le jaune au centre, si bien qu'on aurait dit une grosse fleur.

Un frisson m'a parcourue du sommet du crâne jusqu'au bas du dos. Les Smarties, c'est ce que je préfère au monde. Et voilà que je me retrouvais avec une assiette pleine de Smarties, joliment présentée, rien que pour moi.

– C'est de la magie, ai-je chuchoté en tournant autour de la petite table improvisée.

J'ai tendu la main et j'en ai pris un rouge. Je l'ai léché. Il était bien réel. Je l'ai mis dans ma bouche, puis j'en ai vite englouti toute une poignée, des fois qu'ils disparaissent brusquement. Ensuite, je suis allée ouvrir les vieux rideaux poussiéreux pour y voir plus clair et essayer de comprendre comment fonctionnait ce phénomène surnaturel.

Mais en tirant le rideau… j'ai poussé un hurlement. Et je n'ai pas été la seule !

Un garçon était recroquevillé sur l'appui de fenêtre, les genoux ramenés sous son menton pointu, serrant un livre contre sa poitrine, la bouche grande ouverte, clignant des yeux.

– Qu'est-ce que tu fais là ? Tu voulais me faire peur ? ai-je crié.

Il serrait son livre tellement fort qu'il était en train de le déformer. Ses yeux n'étaient plus que deux fentes dans son visage tout chiffonné.

– Non, c'est toi qui m'as fait peur, a-t-il murmuré.

– Qu'est-ce que tu fabriques dans ma maison ? l'ai-je questionné.

AAAHHHH!!!

Il s'est un peu redressé.

– Euh, en fait, c'est ma maison, a-t-il répliqué d'une petite voix.

– Tu n'habites pas là.

– Si. Enfin, durant la journée. Je me suis installé ici. J'ai apporté le coussin. Et la couverture. Et j'ai préparé un petit encas.

– Tu as quoi ? Ah, les Smarties.

Il a jeté un regard à l'assiette en constatant :

– Tu as gâché toute la décoration.

– C'est les bébés qui jouent avec la nourriture. Enfin, c'est ce qu'on me disait au foyer quand je faisais escalader une montagne de purée à mes petits pois.

– Tu as cru que c'était de la magie, les Smarties, tout ça ? m'a-t-il demandé.

– Bien sûr que non, me suis-je indignée.

– En entendant tes pas, j'ai cru qu'il s'agissait d'un grand costaud, c'est pour ça que je me suis caché, m'a-t-il expliqué en dépliant ses jambes.

– Oh, mais je suis une grande costaude, ai-je répliqué. En tout cas, je suis plus grande que toi, minus.

– Tout le monde me dépasse, de toute façon, a-t-il répliqué d'un ton pathétique.

– Tu as quel âge ? Neuf ? Dix ans ?

– Presque douze !

Je l'ai fixé, stupéfaite.

– On dirait pas !

– Je sais.

– Et qu'est-ce que tu fais là, alors ? ai-je demandé en reprenant une poignée de Smarties.

Je lui ai tendu l'assiette, étant donné que c'était son « petit encas ». Il a dit merci bien poliment et a choisi un Smarties bleu, grignotant tout le tour, comme si c'était un biscuit.

Mais il n'a pas répondu à ma question.

– Tu sèches les cours ? ai-je insisté.

Après un instant d'hésitation, il a hoché la tête.

– Tu ne vas pas me dénoncer, hein ? s'est-il inquiété en avalant son Smarties.

– Je ne suis pas une rapporteuse.

Je l'ai toisé de la tête aux pieds.

– C'est bizarre que tu sèches. Tu m'as pourtant tout l'air d'un premier de la classe, un chouchou des profs !

J'ai désigné son gros livre en essayant de déchiffrer le titre.

– *A-le-xandre le Grand*. Le grand quoi ?

– Oh, c'était son surnom…

– Ah… Pour moi, ça ferait Jenny la Grande. Pas mal. C'est mon nom, Jenny.

– Et moi, je m'appelle Alexandre.

– Hum. Alexandre le Pas Très Grand, alors. Bon, visiblement, tu es un crack. Alors pourquoi tu sèches ? Je parie que tu es premier en tout.

Il a acquiescé.

– Ouaip. Sauf en gym. Je suis le dernier en sport. Et je sèche chaque fois qu'on a cours.

– T'es dingue. C'est génial, le sport. Surtout le foot.

En foot, je suis une vraie championne, célèbre pour son jeu de jambes audacieux et ses tacles vicieux. La vieille Sacavomi devient toute rouge et n'arrête pas de me siffler.

Alexandre s'est mis à pleurnicher en disant

que, quand il y avait foot, ils étaient encore plus méchants avec lui.

– Qui ça, « ils » ?

– Les autres garçons. Ils se moquent de moi.

– Pourquoi ?

Il a baissé la tête.

– Pour toutes sortes de trucs... Surtout... lorsqu'on est sous la douche.

– Ha ha !

– Ils se moquent de moi parce que...

– Parce que tu es Alexandre le Pas Très Grand, ai-je gloussé.

Il a tressailli, comme si je l'avais frappé. Soudain, j'ai eu honte. Je me suis hissée à côté de lui sur le rebord de la fenêtre.

– Et c'est pour ça que tu sèches ? ai-je conclu.

– Mmm.

– Ils n'ont pas prévenu ta mère ?

– Si.

– Et qu'est-ce qu'elle a dit ?

– Elle ne dit jamais grand-chose. C'est plutôt mon père.

Il avait prononcé ce mot comme s'il s'agissait d'un chien méchant, genre Rottweiler.

– Et qu'est-ce qu'il a dit ?

J'ai senti qu'Alexandre tremblait.

– Il a dit… il a dit… il a dit qu'il m'enverrait en pension si je recommençais et que, comme ça, je ne pourrais pas faire l'école buissonnière. Et il a ajouté que, là-bas, je verrais ce que c'est de vraiment se faire embêter.

– Il a l'air super sympa, ton père, ai-je commenté en tapotant sa petite épaule maigrichonne.

– Il voudrait que j'apprenne à tenir tête aux autres.

En riant, j'ai fait mine de le bousculer. Il a poussé un petit cri aigu et a failli tomber du rebord de la fenêtre. Je l'ai rattrapé de justesse.

– Pour ça, il faudrait déjà que tu tiennes debout… Tu ne tiens même pas assis ! ai-je soupiré en secouant la tête.

– Je sais, a-t-il reconnu d'une voix morose.

– Alors vas-y. Défends-toi.

– Je ne peux pas. Je ne sais pas.

– Je vais te montrer.

Il avait de la chance. Je suis la meilleure boxeuse

du monde. Ma botte secrète, c'est d'envoyer dès le départ un bon uppercut quand l'autre s'y attend le moins. Mais je ne me sers pas que de mes poings, je sais aussi décocher un grand coup de pied dans les tibias. Et si on me cherche vraiment, je découvre mes canines meurtrières et je mords !

J'ai fait descendre Alexandre du rebord de la fenêtre et je lui ai montré comment se placer. Ses petites mains sont retombées lamentablement le long de son corps.

– Je ne sais pas me battre. Et, en plus, je ne voudrais pas faire mal à une fille.

– Ça ne risque pas, mon pote, ai-je répliqué en me mettant en position de combat.

Je lui ai donné un petit coup, tout doucement. Puis un autre. Mais il n'a pas réagi. Il se contentait de cligner les yeux, hébété.

– Allez, vas-y ! Essaie de me frapper.

Alexandre a mollement tendu le bras vers moi. On aurait dit une poupée de chiffon.

– Plus fort !

Il a réessayé. J'ai esquivé et il a donné un coup de poing dans les airs, a trébuché et failli s'étaler de tout son long.

– Bon, d'accord. Je vois ce que tu veux dire, ai-je dit, constatant que son cas était sans espoir.

– Je suis nul, a-t-il gémi en se ratatinant complètement.

– Non, pas en tout, juste en boxe.

Je l'ai examiné attentivement. J'ai observé ses drôles de petites bottines bien cirées. Hum, pas terrible pour les coups de pied. Ses dents minuscules étaient parfaites pour grignoter façon hamster, mais pas pour infliger une terrible morsure de vampire. Il fallait envisager d'autres tactiques. J'ai réfléchi… Voyons, comment je m'en sortais les rares fois où je me retrouvais face à un gorille qui faisait le double de ma taille et semblait capable de m'écraser comme une mouche ? Facile. Je me servais de ma langue (et il partait en courant).

– Regarde donc ça, ai-je dit à Alexandre en tirant la langue.

J'ai une très longue langue toute rose avec laquelle j'arrive presque à me toucher les oreilles. Il a fait un bond en arrière, effaré.

J'ai rentré l'engin, très fière.

– Elle est plus aiguisée que le plus tranchant des couteaux.

Alexandre a hoché la tête, mais je n'étais pas sûre qu'il avait compris.

– Utilise ta langue comme arme pour lancer une réplique bien sentie aux garçons de ton école.

– Bien sûr, a-t-il répondu (et j'ai été étonnée de sentir une pointe de sarcasme dans sa voix). Comme ça, ils se déchaîneront encore plus contre moi.

Il avait peut-être raison.

– Alors pourquoi tu n'essaierais pas de les faire rire ? Quand vous êtes sous la douche, par exemple.

– Je les fais déjà rire.

– Oui, mais fais-les rire *avec* toi, pas de toi.

Je me suis creusé la tête. J'essayais de m'imaginer à sa place. Tout à coup, j'ai été prise d'un fou rire.

– Je sais ! me suis-je esclaffée. Tu n'as qu'à leur

dire qu'ils ont beau avoir d'énormes concombres, toi, tu es très content de ton petit cornichon.

Alexandre m'a dévisagée, clignant des yeux.

– Je ne peux pas dire ça !

– Mais si !

– Je n'oserai pas.

– Mais si tu vas oser. Allez, je suis sûre que t'es cap ! Je te mets au défi. Voilà, maintenant il faut que tu le dises si tu veux être mon ami.

Alexandre avait l'air perplexe.

– Parce qu'on est amis ?

Non, mais quel culot !

– Pourquoi ? Tu ne veux pas ? me suis-je étonnée.

Il a hoché la tête. Quand même !

– Parfait. Donc on est amis. On se retrouve ici demain, d'accord ?

Même lieu, même heure. Il avait intérêt à venir. J'espérais qu'il penserait à apporter un « petit encas ».

Chez Football

J'ai eu un peu plus de mal à m'échapper, cette fois. Cam m'a fait la leçon parce que j'avais séché les cours. Ne croyez pas que je le lui ai dit, je ne suis pas du genre à aimer les aveux et les confessions. Non, c'est le directeur qui lui a téléphoné pour la prévenir que la petite Jenny brillait par son absence. Et Cam en a fait toute une histoire.

Alors qu'elle me sortait son loooong discours, je n'ai pas pu retenir un minuscule petit bâillement. Elle m'a prise par les épaules pour me forcer à la regarder en face.

– Jenny, c'est important.

– Ouais, ouais.

– Je suis sérieuse.

Ses cheveux ridiculement courts étaient dressés sur sa tête comme des piquants de hérisson. Je ne comprends pas pourquoi elle ne les laisse pas pousser, elle pourrait enfin se coiffer correctement. Et puis elle serait tellement plus jolie si elle se maquillait. Je ne sais pas pourquoi elle ne veut pas se faire belle. Belle comme ma mère.

Je n'avais pas vraiment envie de la regarder en face. J'ai cligné des yeux si bien que je voyais tout flou, en marmonnant un vague : « Mmm. »

Puis je me suis dégagée de son étreinte.

– Tu me serres trop fort, Cam, tu me fais mal à l'épaule.

Elle avait sans doute envie de m'arracher carrément le bras, mais elle m'a relâchée.

– C'est grave, ce que tu as fait, Jen. Continue et tu vas te faire renvoyer.

– Waouh ! C'est vrai ?

Football, le gars qui ne lâche pas son ballon, il a été renvoyé. Ça n'arrive qu'aux gros durs, mais ça ne me dérangerait pas d'être la plus dure des durs.

– À croire que ça te ferait plaisir ! s'est indignée Cam.

– C'est complètement débile ! Tu sèches parce que tu détestes l'école et la seule punition qu'ils trouvent pour te menacer, c'est de te priver d'école – exactement ce que tu voulais !

– Ce n'est pas vrai, tu ne détestes pas l'école…

– Oh, arrête !

– Je sais que tu ne t'entends pas très bien avec Mme Saca.

– C'est l'euphémisme du siècle !

– Mais tu ne vas pas rester éternellement dans sa classe. Tu es intelligente. Si tu le voulais, tu pourrais très bien réussir, passer un diplôme…

– Pas besoin de diplôme pour devenir actrice.

– Je croyais que tu voulais devenir écrivain.

– J'ai changé d'avis. Je préférerais être actrice.

– Comme ta mère ?

– Ouaip.

Je nous ai imaginées à Hollywood, ma mère et moi… Si ça se trouve, j'obtiendrais un rôle tout de suite et on pourrait tourner des films ensemble. Mère et fille, à la ville comme à l'écran. Maman pourrait jouer ma mère – pas la parfaite mère de famille, non, une mère belle et glamour – et moi, je ferais une gamine maligne à la langue bien pendue. Je nous y voyais déjà…

– Jenny...

La voix de Cam a brouillé mon antenne à rêves.

– Je sais que tu aimes beaucoup ta maman. C'est chouette que tu puisses la revoir. Mais peut-être... peut-être que tu places un peu trop d'espoir en elle.

Je sais ce qu'elle essayait de faire et je ne voulais pas l'écouter. Je place tellement d'espoir en ma mère qu'elle en est remplie, de la tête aux pieds !

Mais ça va bien se passer. On va être heureuses, maman et moi. Heureuses, heureuses, heureuses. Je vais passer le week-end prochain avec elle, j'ai hâte !

Vous savez quoi ? Ça n'a toujours pas l'air de déranger Cam.

– Si c'est ce que tu veux, Jenny.

– Bien sûr, c'est ce que je veux, mais toi, tu veux quoi ?

– Je veux que tu arrêtes de faire l'école buissonnière. Je veux que tu me promettes de ne pas sécher demain. Ni après-demain. Ni jamais. Promets-le-moi, Jenny.

J'ai promis. En croisant les doigts dans mon dos. Ce n'est pas grave. Cam ne tient pas ses promesses non plus. Quand même, normalement on devait rester ensemble pour la vie, elle et moi. Pourtant, maintenant que ma mère ressurgit, on dirait qu'elle n'a qu'une envie : se débarrasser de moi. Eh bien, je m'en fiche.

Ma mère, elle, meurt d'envie de me récupérer. Elle est GÉNIALE. Encore mieux que je l'avais imaginée. La meilleure maman du monde.

Ouais.

La meilleure.

Mieux que toutes les autres. Tiens, la mère de Cam, par exemple. Une vieille bonne femme snob qui vit quelque part à la campagne et refuse de voir sa fille parce qu'elle désapprouve sa façon de vivre.

Et la mère d'Alexandre… Ça doit être une petite souris qui couine dans son coin et tremble de tout son corps dès que son père approche.

La mère de Football, elle, c'est tout le contraire.

109

Un vrai monstre de chez monstre… et d'une gros-sièreté !

Je l'ai vue aujourd'hui quand j'ai séché l'école. Il fallait que je sache si Alexandre avait relevé le défi que je lui avais lancé. Je suis passée à l'épicerie du coin pour acheter un « petit encas » avec l'argent de la cantine. Je remontais la rue lorsque j'ai vu une bonne femme sortir de chez elle en criant par-dessus son épaule :

– Sors de ton lit, espèce de gros fainéant. Et t'as intérêt à passer l'aspirateur ou tu vas voir quand je vais rentrer. Tu m'entends ? TU M'ENTENDS ?

On l'entendait dans tout le quartier. Les gens étaient sans doute obligés de se boucher les oreilles à l'autre bout de la ville. Elle avait une voix stridente comme une alarme de voiture qui sonne, sonne sans s'arrêter et résonne, résonne dans la tête.

– Et si tu te fourres encore dans le pétrin, moi, je te le dis, je te mets dehors. J'en ai ras le bol de toi, t'as compris ? T'es nul, un vrai bon à rien. Comme ton imbécile de père.

Sur ces mots, elle a claqué la porte et a remonté l'allée en traî-nant ses baskets crasseuses, ses énormes cuisses bloblotant dans son vieux caleçon.

La fenêtre d'en haut s'est ouverte et Football a sorti la tête. Il était encore en pyjama, les yeux gonflés de sommeil, tout juste sorti du lit, mais toujours avec son ballon sous le bras.

— Je t'interdis de traiter mon père d'imbécile.

— On ne répond pas à sa mère, espèce de moins que rien, a-t-elle répliqué en hurlant. Et ne prends pas la défense de ta limace de père, ce minable, cette feignasse !

— Arrête ! Arrête de l'insulter ! Il vaut dix fois mieux que toi ! a crié Football, écarlate.

— Parce que monsieur croit tout savoir, hein ? Ça passe la moitié de la journée au lit, sans jamais m'aider à quoi que ce soit, ça ne fiche rien à l'école, ça s'attire des ennuis avec les flics... Bravo, t'es bien parti dans la vie, fiston !

— Je suis pas ton fiston. Je voudrais vivre avec papa.

— Très bien. Parfait. Vas-y, alors. Va vivre avec lui, qu'est-ce que t'attends ?

Football est devenu encore plus rouge.

— Ouais... ben, j'aimerais bien y aller, a-t-il marmonné.

— Mais il veut pas de toi, hein ? C'est ça ? a-t-elle claironné, triomphante. Regarde les choses en

face, fiston. Maintenant qu'il a sa petite chérie –
et pourtant, Dieu sait ce qu'il lui trouve – il veut
plus de moi et il veut plus de toi non plus. Il a
beau jouer les grands copains avec toi, il t'a laissé
tomber comme une vieille chaussette. Et il se
fiche bien de toi.

– Il va m'emmener au match samedi.

– Ah oui ? Comme il y a quinze jours ? Il n'en a
plus rien à faire de toi.

– C'est pas vrai ! C'est pas vrai ! a hurlé Football, ses joues écarlates dégoulinant de larmes.

– Tu pleures comme un bébé, la honte ! s'est
moquée sa mère.

Football a visé. Son ballon a volé dans les airs et
paf ! il a atterri en plein sur la tête de sa mère. Il a
applaudi tandis qu'elle déballait un chapelet de
jurons qui brûleraient la page si je les écrivais.

Puis elle a arrêté de se frotter le crâne pour
ramasser la balle.

– Très bien…

Et elle a shooté dedans de toutes ses forces. Le ballon a volé par-dessus les toits, loin, loin, loin, et a disparu. Elle aurait fait une sacrée bonne joueuse de foot, elle aussi. Cette fois, c'est elle qui a applaudi.

– Ça t'apprendra, a-t-elle décrété avant de tourner les talons.

Elle a failli me rentrer dedans en partant.

– Beau spectacle, hein ? Tu t'en es mis plein les mirettes, sale petite curieuse, a-t-elle grondé en m'écartant de son chemin.

J'ai répliqué que j'aurais trop peur de m'abîmer les yeux à regarder un laideron comme elle. Enfin, dans ma barbe. Je n'avais pas franchement envie de tenter une compétition d'injures avec elle.

Football m'a crié dessus aussi. Il m'a dit de

déguerpir et de me mêler de mes affaires. En termes plus fleuris. Aussi grossier que sa mère.

Il a vite essuyé ses joues pour effacer les larmes. Sauf que, de toute façon, je l'avais vu pleurer. Bref, moi, j'ai filé et j'ai dû manger la moitié de mon tube de Smarties pour me calmer. Je ne supporte pas les gens qui hurlent et qui braillent comme ça – sauf quand c'est moi. Donc je suis allée à la maison et vous ne devinerez jamais quoi ! J'ai trouvé le ballon ! Il avait atterri au beau milieu du jardin, sur un carton de fast-food détrempé. Ça, c'était de la magie ! Vous imaginez, le ballon de Football dans *mon* jardin !

Alors j'ai décidé de jouer les bonnes fées. J'ai pris la balle du bout des doigts, je l'ai essuyée dans l'herbe parce qu'elle était pleine de sauce et je suis retournée en dribblant jusque chez Football.

J'ai frappé à sa porte.

Pas de réponse.

J'ai frappé à nouveau.

Rien. J'ai regardé le mur décrépit en me demandant si je m'étais trompée de maison. Non, c'était là, j'en étais sûre. J'ai reculé de quelques pas et j'ai levé la tête vers la fenêtre du haut.

– Hé, ho ! Le roi du foot ! ai-je crié. Tu veux ton ballon ?

Je l'ai fait rebondir bien fort pour prouver que ce n'était pas une blague.

Et ça a marché. La fenêtre s'est ouverte et Football a sorti la tête.

– Qu'est-ce que tu fabriques avec mon ballon ? a-t-il beuglé.

Comme si c'était moi qui l'avais envoyé voler au-dessus des toits !

– OK, mec, si tu n'as aucune reconnaissance…, ai-je répliqué en faisant volte-face.

Et je me suis dirigée vers le portail en faisant rebondir la balle, boing ! boing ! boing !

– Attends ! a-t-il hurlé.

Je le savais. Il a déboulé dehors en deux secondes chrono avec sa veste de pyjama, un bas de survêtement et les pieds nus. Avec ses petits orteils roses à l'air, il était beaucoup moins impressionnant.

115

– Rends-le-moi.

– On fait un petit match ?

– Je te l'ai déjà dit, je ne joue pas avec les filles.

– Très bien, alors j'emporte ce ballon et je vais chercher un garçon qui voudra bien jouer avec moi.

Il a essayé de me tacler mais j'ai été plus rapide.

– Espèce de petite… (Incroyables spécimens de gros mots.)

– Dis donc, bonjour le langage. Visiblement, tu tiens de ta mère.

Ça, ça l'a vraiment énervé. Espèce de bip de bip de ta bip de bip, bipasse de petite bip.

– On t'a déjà lavé la bouche au savon noir ? ai-je demandé.

– Ha ha, a-t-il fait sans rigoler.

Il ne quittait pas le ballon des yeux, mais je le tenais hors de sa portée.

– C'était une de leurs techniques, au foyer pour enfants. Il y a une éducatrice qui m'a fourré son gros savon à la mûre du Body Shop dans la bouche, tout ça parce que j'avais été un peu insolente. C'était dégoûtant. Mais j'ai mordu dedans et je l'ai réduit en petits morceaux pour qu'elle ne puisse plus s'en servir. Après j'ai été malade et elle a eu peur que je la dénonce pour maltraitance. Mon vomi faisait plein de mousse, c'était incroyable !

Football me dévisageait, un peu impressionné par ce que je racontais.

– Tu as vécu en foyer ?

– Ouais. Et je suis toujours placée. Enfin, théoriquement. Mais je vais bientôt retourner vivre avec ma mère. C'est une super actrice, elle est super belle et elle pense que, moi aussi, je vais réussir dans le cinéma et…

Football m'a taclée et m'a repris la balle, hilare.

– Espèce de sale… (À mon tour j'ai montré que j'avais un langage imagé et haut en couleur.)

Je pensais qu'il allait rentrer chez lui avec son ballon chéri en me claquant la porte au nez, mais il est resté sur le perron à faire des têtes contre le mur.

– Alors, c'est comment ? m'a-t-il demandé, un peu essoufflé à force de faire rebondir la balle sur son crâne.

Ça me faisait loucher de le regarder.

– C'est comment quoi ? ai-je répliqué. Hé, tu me laisses essayer ?

– Tu rigoles ?

– T'es vraiment pas cool. C'est moi qui t'ai rapporté ta saleté de ballon.

– Je ne crois pas que ce soit le mien.

Football l'a rattrapé pour le faire tournoyer au bout de son doigt.

– J'avais marqué mon nom au feutre, avec un avertissement pour celui qui oserait poser ses sales pattes dessus.

– Alors ce n'est pas le tien ?

– C'est pas grave. Il est en meilleur état. Je l'avais complètement bousillé, l'autre.

– Donc il est autant à moi qu'à toi. Passe-le-moi !

– OK, OK, je joue cinq minutes au foot avec toi et après tu me racontes comment c'est, la vie en foyer.

– Pourquoi tu veux savoir ça ?

– Parce que ma mère n'arrête pas de me menacer… Et puis, j'ai un éduc…

– Moi aussi… La célèbre Helen la Baleine !

J'ai fait la grimace.

– Mais comment t'en es arrivée là, une petite gamine comme toi ?

– Oh, j'ai fait les quatre cents coups ! me suis-je vantée.

– Mais t'as jamais eu affaire aux flics. Moi, oui. Tout le temps, a-t-il annoncé fièrement.

– Ouais, moi, je suis trop maligne pour me faire prendre.

– Alors c'est comment ? C'est vrai qu'ils battent les enfants avec des serviettes mouillées pour pas laisser de marques ? Et les grands, ils tabassent les petits et ils leur plongent la tête dans les toilettes ? Et les garçons, ils sont obligés de porter des bermudas ridicules même en hiver ? Ma mère m'a dit que...

Ha ha ! J'ai décidé de le faire marcher un peu.

– Ouais, ouais, mais c'est encore pire que ça ! La nourriture est immangeable, ils font du hachis avec des naseaux de vache et des morceaux de pis pour qu'on attrape la maladie de la vache folle. Et si tu vomis, ils te le remettent dans ton assiette et ils te le refont bouffer !

Football me fixait, les yeux écarquillés, bouche bée, comme s'il allait me vomir dessus. J'aurais pu en profiter pour lui piquer son ballon – *mon* ballon – mais je préférais m'amuser encore un peu. J'ai continué en en rajoutant des tonnes et il gobait tout, tout, tout. Ce n'est que lorsque j'ai parlé de la chambre de torture où ils nous enfermaient dans le noir, menottés, en laissant de gros rats nous monter dessus et rentrer dans nos sous-vêtements qu'il a commencé à tiquer.

– Tu me fais marcher ! s'est-il exclamé.

Il m'a dévisagée en fronçant les sourcils. Oh, oh, il valait peut-être mieux que je file. Mais, soudain, j'ai entendu un gargouillis bizarre. Football riait !

– T'es une drôle de gamine ! Bon, je veux bien jouer au foot avec toi, mais juste cinq minutes, d'accord ?

Il est rentré chez lui mettre un T-shirt. Il a laissé la porte entrouverte pour que je puisse le suivre à l'intérieur. Ce n'était franchement pas terrible. La moquette s'effilochait dans les coins et était répugnante. Je comprends pourquoi sa mère voulait qu'il passe l'aspirateur. Toute la maison aurait eu bien besoin d'un grand nettoyage de printemps. Il y avait des traces et des éraflures partout sur les murs – sans doute l'œuvre du ballon de Football.

Il était dans le salon, en train d'enfiler ses baskets.

– Hé, toi. Je ne t'ai pas invitée à entrer.

– Je sais. Mais je suis trop curieuse. Tu sais, je n'ai pas vraiment de chez-moi.

Enfin, sa maison ne correspondait pas du tout à l'idée que je me faisais d'un petit chez-soi douillet. Les restes du dîner de la veille gisaient par terre sur des plateaux. Le cendrier était tellement plein qu'il débordait et la pièce sentait le renfermé. Elle était presque vide. Il y avait un canapé, des chaises et une télé, mais c'était à peu près tout. Chez Cam, il y a tous ses coussins, sa couverture en patchwork, des plantes, des photos partout aux murs, des piles de livres, des bibelots, des vases de fleurs séchées, des carillons, des carnets, des boîtes décorées et le vieil âne en peluche tout râpé de quand elle était petite. Il s'appelle Daisy. Elle a voulu me le donner, mais j'ai répliqué que je n'étais pas un petit bébé qui jouait avec des peluches. Cam a répondu tant mieux parce qu'elle était encore un gros bébé qui aimait serrer Daisy dans ses bras quand elle n'avait pas le moral et qu'elle n'avait pas vraiment envie de me la donner.

J'ai pris son vieil âne dans mes bras, une fois,

quand Cam n'était pas là. Il sent bon la vieille laine et l'intérieur de ses oreilles est tout doux.

Chez Football, il n'y a rien pour faire un câlin. Peut-être qu'il s'en fiche. Ça ne doit pas être son style.

On a joué au foot dans la rue. Au début, c'était génial.

Mais ensuite des gars ont débarqué et Football m'a traitée comme une petite mouche agaçante bourdonnant à son oreille. Il m'a écartée pour jouer au foot avec les grands.

– Hé ! Et moi ? me suis-je indignée.

– Dégage maintenant, m'a sifflé Football du bout des lèvres.

Il ne voulait même pas qu'on le voie m'adresser la parole.

– Très bien, mais rends-moi mon ballon, alors. C'est moi qui l'ai trouvé et tu as dit qu'il n'était pas à toi.

On s'est disputés. Football et ses nouveaux potes ont gagné.

J'ai décidé que je ne voulais plus jamais jouer avec lui de toute ma vie. En fait, je n'avais même plus envie de jouer au foot du tout, ce n'était même pas la peine que je reprenne mon ballon. Alors je n'ai pas insisté.

J'ai filé à la maison abandonnée retrouver Alexandre. Je voulais voir s'il avait suivi mes conseils pour tenir tête aux autres.

Chez Jenny et Alexandre

En entrant par la fenêtre de derrière, j'ai tout de suite remarqué que quelqu'un avait drôlement bien arrangé la cuisine. Il y avait une grande bouteille d'eau minérale posée sur l'égouttoir de l'évier, avec une étiquette indiquant « Robinet ». Alors j'ai bu un peu d'eau du « robinet » parce que Football et toutes ses histoires m'avaient donné soif. Je m'en suis un peu renversé sur mon T-shirt, mais j'ai pu m'essuyer avec le torchon propre qui était suspendu à un crochet. Dans un coin, il y avait un grand carton marqué « Frigo ».

Alléchée, j'ai inspecté le contenu du « frigo » et j'ai trouvé deux sandwichs au thon, un paquet de chips oignon-fromage, un Kit-Kat, une pomme… et un énorme paquet de Smarties ! J'en ai pris une ou deux poignées parce que j'avais brûlé beaucoup de calories durant la matinée. J'avais moi aussi apporté un petit encas, sauf que j'avais déjà tout mangé. Enfin, j'étais certaine qu'Alexandre ne verrait pas d'inconvénients à partager le sien avec moi.

– Alekchandre ? ai-je crié.

C'était un peu déformé parce que j'avais la bouche pleine. J'ai recommencé, plus fort :

– *Alexandre ?*

J'ai entendu un couinement de souris en provenance du salon. Il était assis en tailleur sur un petit tapis devant un autre carton. Sur le devant, on voyait la tête d'un homme et d'une femme avec le sourire jusqu'aux oreilles et, sur le dessus, une étiquette indiquait « Télé ».

– On dirait qu'elle est bloquée en arrêt sur image, ai-je commenté malicieusement.

Alexandre était lui aussi étonnamment immobile, tête baissée, menton rentré.

– Ça va ? ai-je demandé en m'asseyant à côté de lui.

– Oui, a-t-il répondu. Enfin, non, pas vraiment.

– Ah ? Qu'est-ce qui ne va pas ?

Il a poussé un profond soupir.

– Tout, a-t-il fait tristement avant de reporter son regard sur l'écran de télé figé.

– Comment ça s'est passé, au collège ?

Il n'a pas réagi, mais ses yeux suivaient un mouvement invisible comme si les présentateurs bougeaient vraiment dans le poste.

– Tu sais, avec les grosses brutes qui t'embêtent dans les vestiaires, ai-je insisté.

Alexandre a soupiré à nouveau et a rentré encore davantage la tête dans les épaules.

– Tout le collège m'appelle Petit Cornichon, maintenant.

J'ai éclaté de rire, je n'ai pas pu me retenir. Alexandre m'a jeté un de ces regards, on aurait dit que je l'avais frappé.

– Désolée, désolée. Mais tu avoueras que c'est… drôle.

– Tout le monde trouve ça très drôle. Sauf moi.

– Oh bon, allez, ce n'est pas grave.

– Si, c'est grave. Affreusement grave.

Je me suis creusé la tête pour trouver quelque chose de positif à dire.

– Au moins, tu as gagné. Je t'avais mis au défi de le faire, pas vrai ? Tu l'as fait, donc tu as gagné.

– Super, a commenté Alexandre.

– Maintenant, à toi de me lancer un défi.

– Je n'ai pas vraiment envie, merci.

Je n'y croyais pas ! Il ne réalisait sûrement pas l'importance de ma proposition.

– Allez, Alexandre ! l'ai-je encouragé en me penchant vers lui.

Il a reculé sans lever son petit derrière osseux.

– Je n'ai pas d'idée de défi, a-t-il protesté faiblement. Tu n'as qu'à la trouver toi-même.

– Arrête de jouer les chochottes ! Lâche-toi ! Lance-moi un défi vraiment, vraiment tordu. Dis-moi : « T'es pas cap… »

Alexandre s'est creusé les méninges. Soudain j'ai vu une lueur dans ses yeux bleu pâle.

– Très bien. T'es pas cap… t'es pas cap… de te mettre debout sur la tête.

Il n'avait rien compris ! Mais j'ai décidé de faire preuve de bonne volonté. J'ai craché dans mes paumes et j'ai fait le poirier.

– Fastoche, ai-je répliqué, la tête en bas.

– Oh, là, là ! T'es vraiment douée.

– N'importe qui peut y arriver.

– Pas moi.

J'aurais dû m'en douter. Je me suis donné un mal de chien pour lui apprendre. Mais il est nul. Dès qu'il essayait de lever les jambes en l'air, il s'écroulait par terre comme une poupée de chiffon.

129

– Regarde comment je m'y prends ! l'ai-je encouragé en enchaînant poiriers et roues dans toute la pièce.

– Je vois ta culotte, a ricané Alexandre.

– Eh ben, ne regarde pas, ai-je répliqué, hors d'haleine.

– Je ne peux pas faire autrement, a-t-il répondu en entonnant une comptine qui parlait d'une fille qui gambadait en agitant sa petite culotte dans les airs ou je ne sais quoi.

– Qu'est-ce que tu racontes ? ai-je demandé en me remettant sur mes pieds.

– C'est une chanson. Mon père la chante quand il est de bonne humeur. Ce qui n'arrive pas souvent, surtout quand je suis dans les parages.

Il l'a rechantée pour moi.

– Tu veux savoir si je suis cap de le faire ?

Alexandre a gloussé.

– D'accord !

J'ai retiré ma culotte et je l'ai agitée en l'air comme un drapeau en sautillant sur place.

– Jenny ! Arrête ! Ça ne se fait pas ! hoquetait Alexandre, plié en deux tellement il riait.

J'ai tourné autour de la télévision en carton, gambadant gaiement en agitant toujours mon trophée, et j'ai paradé devant la fenêtre.

– Jenny ! Éloigne-toi de là ! Et si quelqu'un te voit ! a hurlé Alexandre.

– Je m'en fiche, ai-je répliqué en sautant en l'air comme si j'étais sur un trampoline.

– Regardez-moi ! Regardez-moi tout le monde !

Mais soudain un ballon de foot est entré par la fenêtre et a rebondi sur le parquet. Alexandre avait pourtant dû le voir venir, mais il ne s'est pas baissé à temps et il l'a pris en pleine tête.

– Ouille ! Un ballon de foot ! a-t-il constaté en se frottant le crâne.

– *Mon* ballon de foot, ai-je corrigé en le ramassant triomphalement.

– Qui a bien pu le lancer par ici ?

J'avais ma petite idée là-dessus. Et j'en ai bientôt eu la confirmation. Football en personne est apparu à la fenêtre. Elle est plus difficile à franchir que celle de la cuisine. Il a sauté à terre, a perdu l'équilibre, titubé… et il s'est écroulé sur Alexandre.

Le pauvre, il s'est plaqué au sol, les mains sur la tête.

– Espèce de gros balourd ! ai-je crié en fusillant Football du regard. Ça va, Alexandre ?

– Non, a-t-il gémi.

Football l'a aidé à se relever et a épousseté ses vêtements.

– Mais si, ça va aller, a-t-il affirmé.

– Grosse brute ! ai-je répliqué en dribblant d'une seule main. D'abord, tu me frappes alors que je suis une fille et que je suis plus petite que toi. Et maintenant, tu t'en prends à une mauviette comme Alexandre.

Je prenais sa défense mais, en entendant le mot « mauviette », il s'est ratatiné. Parfois, je ne sais pas, mais on a envie de le brutaliser. Même si ce n'est pas bien.

– Brute, brute, brute, ai-je chantonné en faisant rebondir la balle en rythme.

– Rends-moi mon ballon, fillette, a ordonné Football.

– Il est à moi.

– Non, tu me l'as donné.

– Puis je l'ai repris. C'est mon ballon, maintenant. Et c'est *ma* maison, alors dégage parce que tu n'es pas invité. Pourquoi tu m'as suivie d'abord ?

– Je ne t'ai pas suivie, je voulais juste vérifier que ça allait. Mais ce n'est pas ta maison.

– Si, si, si ! ai-je rétorqué, dribblant toujours.

– Et à moi aussi, est intervenu Alexandre.

Je lui ai souri et je lui ai lancé le ballon. Une passe super facile, mais il est trop maladroit. Ses mains se sont refermées sur le vide, le ballon lui a échappé et Football l'a attrapé.

– Alexandre ! ai-je fait d'un ton de reproche.

Il a baissé la tête.

– Il est à moi, maintenant, a décrété Football avec un sourire goguenard.

Il s'est mis à dribbler si fort que tous les meubles en carton tremblaient.

– Arrête, tu vas casser la télévision, a dit Alexandre.

– Je… quoi ? s'est étonné Football.

– Tu perturbes la réception, regarde.

J'ai compris qu'il le faisait exprès pour détourner son attention. J'ai souri… et lorsque Football s'est tourné, fixant la télévision en carton d'un œil incrédule, j'en ai profité pour lui arracher le ballon. Je l'ai pris à deux mains… c'est alors que quelque chose est tombé par terre. Football a regardé ce quelque chose en fronçant les sourcils.

– J'ai la balle, j'ai la balle ! ai-je claironné pour le distraire à nouveau.

Mais cette fois, ça n'a pas marché. Football s'est penché et a pris le quelque chose entre le pouce et l'index.

– Tiens, mais qu'est-ce que c'est que ça ? a-t-il fait d'un ton narquois.

– Rien du tout, ai-je répondu.

Pourtant ce quelque chose était visiblement un quelque chose de très gênant.

– C'est ta culotte ! s'est-il esclaffé.

– Ben oui, elle gambadait en agitant sa culotte dans les airs, comme dans la chanson, a expliqué Alexandre.

– La ferme, Alexandre ! ai-je ordonné, furieuse.

J'ai arraché ma culotte des mains de Football pour la fourrer dans ma poche.

Il riait à gorge déployée en faisant des commentaires extrêmement grossiers. Je lui ai dit de surveiller son langage, il a répliqué que je ferais mieux de surveiller le ballon… et il me l'a repris d'un mouvement vif. Il a crié victoire et a shooté dans le salon, renversant la télévision et endommageant sérieusement la table.

— Hé, oh ! Tu es dans mon salon, pas sur un terrain de foot, ai-je protesté.

— C'est aussi mon salon, a rappelé Alexandre en s'écartant prestement.

— J'ai autant le droit que vous d'être là. Et d'abord ce n'est pas un salon pourri, c'est un super terrain de foot couvert, a répliqué Football en prenant cependant garde à contourner les meubles.

Il ne cessait de commenter ses actions :

— Et notre champion a de nouveau la balle, prêt à réaliser des exploits... Ouiii, il intercepte brillamment le ballon, et tire droit... (tout en disant cela, il a visé et shooté droit dans le mur) dans le filet ! OUAIS ! (Il a levé le poing en l'air.) Quel but historique !

Je me suis tournée vers Alexandre.

– Pathétique, ai-je commenté en secouant la tête.

– Attends que je devienne célèbre, tu verras, a rétorqué Football en envoyant la balle dans ma direction.

Enfin, il ne me l'envoyait pas, il l'envoyait sur moi, oui.

Mais je ne suis pas une mauviette comme Alexandre. Je l'ai bloquée et lui ai renvoyée.

– Waouh ! Elle a du répondant, cette petite Jenny ! ai-je commenté. Je parie que je serai mille fois plus connue que toi.

– Le foot féminin, c'est nul, a décrété Football.

– Je ne veux pas devenir footballeuse, crétin. Je veux être une actrice célèbre, comme ma mère.

– Alors ça, si c'est pas pathétique, a-t-il fait en se tournant vers Alexandre.

Il s'est approché de lui en dribblant. Alexandre clignait nerveusement des yeux.

– Toi aussi, tu veux devenir une actrice célèbre ? lui a-t-il demandé méchamment.

– Je suis sûre qu'il pourrait facilement devenir célèbre, ai-je affirmé. Il est super intelligent. Premier de sa classe dans toutes les matières. Il pourrait passer dans tous les jeux télévisés et répondre à toutes les questions sans faute. Sauf qu'il faudrait que tu te trouves un nom de star.

Alexandre, ça ne sonne pas terrible. Qu'est-ce que tu dirais... du Cerveau ?

J'essayais d'être gentille avec lui mais, décidément, je m'y prenais mal. Alexandre a serré les dents en entendant ce mot.

– Ils me surnomment comme ça à l'école, a-t-il expliqué d'un ton lugubre. Entre autres. Et mon père m'appelle M. Je-sais-tout.

– Il a l'air charmant ton père, ai-je remarqué.

– Mon père, il est génial, s'est vanté Football en faisant passer sa balle d'un pied à l'autre.

– Moi, je n'ai pas de père, ça vaut peut-être mieux, ai-je dit.

Ça ne m'a jamais vraiment dérangée. Je n'ai jamais eu besoin d'un père. Une mère, ça me suffisait. Elle, j'avais besoin d'elle.

– Je vais aller habiter chez ma mère. C'est le grand luxe, avec des dorures, des miroirs et des chandeliers partout, des meubles en bois foncé et en velours rouge. Elle va m'acheter plein de vêtements de marque, et des nouvelles baskets, et un ordinateur dernier cri et une télé et un lecteur de DVD rien que pour moi et un vélo et des animaux et on ira tous les week-ends à Disneyland et je parie qu'on ne fera même pas la queue parce que ma mère est une superstar.

– Comment elle s'appelle alors ? a voulu savoir Football.

– Carly. Carly Bell, ai-je répondu fièrement.

– Jamais entendu parler.

J'ai réfléchi à toute allure. Il fallait que je trouve un moyen de lui clouer le bec.

– C'est son vrai nom, pas son nom de scène.

– Ah bon. Et c'est quoi alors, son nom de scène ?

– Sharon Stone.

– Si ta mère, c'est Sharon Stone, alors moi, je suis le fils de David Beckham.

Alexandre s'est soudain réveillé.

– Ton père, c'est David Beckham ? Pas étonnant que tu sois doué en foot !

Football a secoué la tête.

– Je croyais qu'il était intelligent, ton copain. Mon père, il est encore plus fort que Beckham.

On est comme les deux doigts de la main, lui et moi.

Il a croisé ses doigts boudinés pour nous montrer.

– On fait les quatre cents coups ensemble. Enfin. On faisait les quatre cents coups, avant.

Emploi significatif du passé.

– Maintenant, il a une petite amie. Ma mère l'a découvert, du coup, mon père est parti vivre avec elle. Je le comprends. Ma mère est toujours en train de se plaindre, de râler et de lui crier dessus. Pas étonnant qu'il ait mis les voiles. Mais il dit que ça ne change rien et qu'on est toujours potes.

– Alors ton père n'habite plus avec vous ? s'est étonné Alexandre avec une petite pointe d'envie dans la voix.

– Non, mais on fait des tas de trucs ensemble, a affirmé Football en se remettant à taper dans le ballon. On va voir des matchs tous les samedis. Enfin, il n'a pas pu venir cette semaine. Ni la semaine dernière. Mais c'est parce qu'il n'est pas encore bien installé. Il m'emmènera la prochaine fois, il m'a promis.

Il a bloqué la balle sous son pied et a tâté sa poche, avant d'en tirer un briquet.

– Hé, regardez !

J'ai regardé. Mais il n'a pas sorti de paquet de cigarettes pour aller avec.

– On pourrait en fumer une petite, ai-je proposé.

J'adore la façon dont ma mère tient sa cigarette et comme elle pince les lèvres lorsqu'elle en tire une longue bouffée.

– Je ne fume pas, c'est mauvais quand on joue au foot, a répliqué Football. Non, c'est le briquet de mon père. Vous avez vu la marque ?

Il nous l'a montré pour qu'on puisse l'admirer.

– C'est pas un briquet jetable. Il est en or.

– En or massif ? a soufflé Alexandre.

– Euh non, en plaqué. Mais ça vaut quand même une fortune. C'est ce qu'il a de plus précieux. Ses potes le lui ont offert pour ses vingt et un ans. Il ne s'en sépare jamais, mon père.

– Ben, là, il l'a pas sur lui, visiblement, ai-je remarqué.

– Justement. Il me l'a donné.

Il l'a allumé, éteint, allumé, éteint. On aurait dit une guirlande clignotante sur un sapin de Noël.

– Ouais, garde-le, tu pourras l'agiter en l'air quand tu iras à un concert ! ai-je dit.

– La ferme ! a aboyé Football, vexé que je ne sois pas plus impressionnée que ça. Toi, t'as même pas de père.

Il a shooté de toutes ses forces dans le ballon, qui est passé au travers de la télé.

– Moi, je préférerais ne pas en avoir, a fait Alexandre en se levant pour essayer de la réparer. Ça m'arrangerait bien qu'il se trouve une petite amie et qu'il parte avec elle. Si seulement ça pouvait se réaliser… Dis, si un de tes vœux pouvait se réaliser, lequel tu ferais ?

Il a tourné un regard timide vers Football.

– Que ton père et toi, vous soyez à nouveau réunis ?

– Ouais, a-t-il confirmé, stupéfait qu'Alexandre ait lu dans ses pensées. Et de jouer pour Manchester United.

– Et toi, Jenny ?

– Moi, j'en veux pas, de père.

– Et ta mère ? a insisté Alexandre. Tu ferais le vœu de retourner avec ta mère ?

– Ce serait du gâchis puisque je *vais* vivre avec elle, c'est sûr.

Mais j'ai quand même fait le vœu. Que je retourne avec ma mère. Que je retourne avec ma mère. Que je retourne avec ma mère. Je le souhaite de tout mon cœur. De tout mon foie. Tous mes poumons, tous mes os et toute ma cervelle. J'ai l'estomac et les intestins tout noués tellement j'espère, j'espère, j'espère que ce vœu va se réaliser.

Chez ma mère

Parfois les rêves se réalisent. Ma marraine bonne fée a fait des heures supplémentaires ! Grâce à elle, mon vœu a été exaucé. J'ai passé le week-end avec ma mère et c'était FANTASTIQUE. Maintenant, elle veut que je vienne vivre avec elle pour toute, toute, toute la vie. Dès qu'Helen aura réglé les détails administratifs.

Helen pensait que ma mère n'allait pas venir.

Elle n'a rien dit, mais je ne suis pas idiote. Cam m'a déposée comme un paquet à son bureau. Elle m'a proposé d'attendre avec moi si je voulais, mais je ne voulais pas. Nos relations sont un peu tendues en ce moment. Elle ne dit toujours rien et elle ne m'a toujours pas suppliée de rester, mais elle a pleuré hier soir.

Quand j'ai entendu ses petits sanglots étouffés sous la couette, je n'ai pas résisté : j'ai bondi hors de ma grotte et j'ai foncé dans le couloir. Je voulais la rejoindre dans son lit pour la serrer dans mes bras et lui dire…

Lui dire quoi ? C'est ça, le souci. Je ne pouvais pas lui dire que je n'avais pas envie de partir, parce qu'il *faut* que je parte. Ma mère, c'est ma mère, quand même. Cam n'est rien pour moi. Enfin, presque. Et puis, je connais ma mère depuis ma naissance, alors que j'ai rencontré Cam il y a six mois seulement. On ne peut pas comparer, hein ?

Alors, finalement, je ne suis pas allée lui faire un câlin. J'ai fait comme si j'avais envie de faire pipi et je suis allée aux toilettes. Lorsque je suis rentrée dans ma chambre à pas de loup, les sanglots s'étaient tus. Si ça se trouve, c'était mon imagination, Cam n'avait pas pleuré du tout.

Je ne sais pas pourquoi je vous raconte tout ça alors que je suis contente, contente, contente.

Ma mère ne m'a pas oubliée. Elle est venue me chercher dans le bureau d'Helen.

Elle était un peu en retard. Du coup, je n'arrêtais pas de faire des allers et retours jusqu'aux toilettes et Helen avait la lèvre inférieure en sang à force de la mordiller avec ses grandes dents de lapin. Mais, soudain, un taxi s'est arrêté devant l'immeuble et ma mère a couru à ma rencontre avec ses talons hauts, ses beaux cheveux blonds dansant sur ses épaules, sa poitrine dansant également sous son pull moulant. Elle m'a serrée fort dans ses bras et j'ai senti sa douce odeur sucrée de poudre et de tabac. Elle m'a sorti tout un tas de trucs à propos de réveil qui n'avait pas sonné et de train raté, mais je n'ai rien écouté, j'étais trop contente qu'elle soit là.

Sauf que j'avais du mal à exprimer ma joie.

147

– Hé, ne pleure pas, ma puce, tu es en train de tremper mon pull, a plaisanté ma mère.

– Je ne pleure pas. Je ne pleure jamais. J'ai juste parfois un peu le rhume des foins, je t'ai déjà expliqué, ai-je dit en me servant dans la boîte de mouchoirs d'Helen.

Maman m'a prise par la main et, au lieu de s'embêter dans le bus et le train, on a hélé un taxi pour aller chez elle. Chez ma maman. Et à partir de maintenant chez moi aussi.

C'était à des kilomètres et des kilomètres, et ça a coûté une fortune, mais vous savez ce qu'a dit ma mère ?

– Ne t'en fais pas, Jenny chérie, tu le vaux bien !

J'ai failli avoir une nouvelle crise de rhume des foins. Et ma mère ne s'est pas contentée de payer la plus longue course de taxi du monde... Attendez que je vous raconte tout ce qu'elle m'a offert. Encore mieux qu'une marraine de contes de fées ! Et sa maison est un vrai palais de princesse, encore mieux que je ne l'avais imaginé.

Bon, d'accord, de l'extérieur, ce n'est pas merveilleux. Maman habite dans un grand immeuble au milieu d'une cité, on se croirait dans une décharge publique pleine de vieux pneus et de gamins squelettiques. Son appartement est au dernier étage et l'ascenseur monte comme une fusée, bien trop vite pour mon estomac. C'est pour ça que j'ai eu un peu mal au cœur – ça ajouté à l'odeur d'urine. J'avais l'impression que les parois de l'ascenseur se resserraient sur moi, m'écrasaient jusqu'à ce que je ne puisse plus respirer. J'aurais voulu que quelqu'un me tire d'ici par magie et me ramène bien en sécurité dans ma grotte de chauve-souris. J'ai à peine poussé un petit cri, mais maman a vu la tête que je faisais.

– Qu'est-ce qui t'arrive, Jenny ? Tu n'as quand même pas peur en ascenseur, si ? Une grande fille comme toi !

Elle s'est moquée de moi, j'ai essayé de rire aussi, mais on aurait plutôt dit que je pleurais. Sauf que je ne pleure jamais, bien sûr. Heureusement, tout s'est arrangé dès que je suis sortie de ce vieil ascenseur puant pour entrer dans le merveilleux appartement de maman.

Tout est rouge bordeaux : la moquette, les

rideaux en velours, les coussins, comme je l'avais rêvé. Le canapé est en cuir blanc – suuuuper chic – et il y a un tapis en fourrure blanche devant. La première chose que maman m'a demandé de faire, c'est d'enlever mes chaussures. Au début, je n'ai pas remarqué le superbe lustre rococo, ni

les belles photos de dames au mur, ni la boîte à musique, ni les bibelots en porcelaine, parce que je n'arrivais pas à détacher mes yeux du canapé. Pas parce qu'il est en cuir blanc, non. Parce qu'il y avait une montagne de paquets dessus, enveloppés dans du papier rose avec du ruban doré.

– Des cadeaux ! ai-je soufflé.

– Eh oui ! a confirmé ma mère.

– C'est ton anniversaire, maman ?

– Bien sûr que non, bécasse. C'est pour toi !

– Mais ce n'est pas mon anniversaire.

– Je sais quand tu es née ! Je suis ta mère, quand même. J'avais envie de te gâter parce que tu es ma petite fille chérie.

– Oh, maman ! me suis-je exclamée en la serrant dans mes bras. Maman, maman, maman !

– Alors, tu ne les ouvres pas ?

– Tu rigoles !

Et j'ai entrepris de déchirer le papier.

– Hé, doucement, ça m'a coûté quatre-vingt-dix-neuf pence la feuille !

J'ai continué plus doucement, les mains tremblantes. J'ai ouvert le premier paquet. C'était un T-shirt de marque, rien que pour moi ! J'ai vite arraché le haut nul que je portais et je me suis contorsionnée pour enfiler ce magnifique symbole de mon nouveau statut.

– J'aurais dû te prendre une ou deux tailles au-dessus. Je n'arrive pas à me faire à l'idée que tu sois si grande, a dit maman. Donne, je vais aller l'échanger.

– Non, non, il est parfait! Pile de la bonne taille. Regarde, on voit mon nombril, c'est super sexy!

Je lui ai fait une petite démonstration de danse et elle a éclaté de rire.

– Tu es un sacré numéro, Jenny! Allez, vas-y, ouvre tes autres cadeaux.

Elle m'a offert un lapin rose tout doux. Adorable pour ceux qui aiment les peluches. Helen craquerait complètement. J'ai décidé de l'appeler Chamallows. Quand je l'ai fait parler d'une petite voix timide, maman a rigolé à nouveau en disant que je pourrais passer à la télé.

Ensuite, j'ai eu une É-N-O-R-M-E boîte de chocolats blancs. J'en ai tout de suite mangé deux, miam, miam, slurp, slurp. J'en ai proposé un à maman mais elle a dit qu'elle surveillait sa ligne, qu'ils étaient tous pour moi et que je pouvais en manger autant que je voulais. Alors j'en ai mangé deux autres miam, miam, slurp, slurp – mais j'ai recommencé à avoir un peu mal au cœur. Ils étaient délicieux et je parie qu'ils coûtaient super cher, mais je préférais quand même les Smarties. Je pense que j'adorerai les chocolats comme ça quand je serai un peu plus grande.

Le dernier cadeau n'était pas pour quand je serais plus grande. C'était le plus gros et maman avait laissé le prix sur l'emballage, j'ai donc su que c'était également le plus cher, une vraie petite fortune.

Il s'agissait d'une poupée. Attention, pas une poupée ordinaire. Une magnifique poupée ancienne avec une robe à fleurs en soie et une petite ombrelle assortie, qu'elle serrait dans sa main de porcelaine.

Je l'ai examinée, tenant la boîte à bout de bras.

– Alors ? a fait maman.

– Oui… Elle est très belle. C'est la plus belle poupée du monde, ai-je répondu en m'efforçant de prendre une voix enthousiaste, sauf que ça a raté et que ça sonnait complètement faux.

– Tu avais beau être très remuante quand tu étais petite, tu as toujours adoré les poupées, m'a expliqué maman. Tu te souviens de cette belle poupée avec les boucles blondes que je t'avais achetée ? Tu l'adorais. Tu ne la lâchais pas. Comment elle s'appelait déjà ? Reine ? Princesse ?

– Belle.

– Eh bien, maintenant, Belle a une sœur.

– Merci, maman, ai-je dit en sentant mon estomac se nouer.

– Tu as toujours Belle, n'est-ce pas ? m'a questionnée ma mère, sourcils froncés.

– Mmm.

J'avais vraiment mal, comme si la nouvelle poupée m'avait donné un grand coup d'ombrelle en plein dans le ventre.

– Tu l'as apportée avec toi ? a-t-elle insisté en s'allumant une cigarette.

– Tiens, laisse-moi tirer une bouffée, s'il te plaît, ai-je demandé pour détourner la conversation.

– Ne sois pas bête. Tu n'as pas intérêt à te mettre à fumer, Jenny. C'est une mauvaise habitude.

Et elle m'a fait la leçon, en bonne mère de famille. Ouf, je respirais à nouveau. Mais maman n'est pas si facile à embrouiller.

– Alors où est-elle, cette Belle ?

– Je... Je ne sais pas. Tu vois, maman, le problème, c'est que j'ai dû la laisser au foyer.

– Ils ne t'ont pas laissée emporter ta poupée ?

– C'est que... elle était un peu cassée.

– Tu as cassé ta poupée ?

– Non, non, pas moi. Je te jure, maman. C'est les autres. Ils lui ont enfoncé les yeux, ils ont coupé toutes ses anglaises et ils lui ont barbouillé la figure de stylo.

– Je n'y crois pas ! Non, mais quelle horreur, cet endroit ! Eh bien, je peux te dire que je vais en toucher un mot à Helen la Baleine. Cette poupée coûte une fortune.

– Mais c'était il y a des années, maman.

– Des années ?

Ma mère a secoué la tête. On aurait dit qu'elle avait perdu la notion du temps. Elle réagissait comme si elle m'avait déposée au foyer pour enfants la semaine dernière alors que j'y étais depuis toute petite. Mon dossier est épais comme ça !

– Ah bon… Bref. Tu as une nouvelle poupée maintenant. Encore plus belle que Belle ! Comment vas-tu l'appeler ? Pas un nom idiot comme Chamallows. C'est une poupée magnifique. Il lui faut un vrai prénom.

– Je vais l'appeler…

Je me creusais les méninges, mais rien ne venait.

– Quel est ton prénom préféré ? Tu dois bien en avoir un, m'a encouragée maman.

– Camilla, ai-je répondu sans réfléchir.

Maman s'est figée.

GROSSIÈRE ERREUR.

– C'est le nom de cette bonne femme, hein ? a-t-elle demandé en tirant fort sur sa cigarette.

– Non, non, ai-je bafouillé. Elle, c'est Cam. Elle ne veut pas qu'on l'appelle Camilla. Non, maman, j'aime le nom Camilla parce que, au foyer, il y avait une petite fille qui s'appelait comme ça.

C'était la vérité. J'adorais cette petite fille et elle m'aimait beaucoup, elle aussi. J'arrivais toujours à la faire rire. Il suffisait que je fasse une grimace ou que je sifflote pour qu'elle éclate de rire en joignant ses petites mains potelées.

Camilla était mon prénom préféré bien avant que je rencontre Cam. De toute façon, Cam refuse qu'on l'appelle Camilla. Elle déteste ce prénom. Elle trouve que ça fait snob et prétentieux. Je me suis efforcée de convaincre ma mère.

– Camilla, a-t-elle répété comme s'il s'agissait d'une maladie répugnante. C'est ton prénom préféré, alors ? Tu trouves ça plus beau que Carly ?

– Bien sûr que non. Carly est le plus beau prénom du monde puisque c'est le tien. Mais je ne peux pas appeler ma poupée Carly, parce que Carly, c'est toi.

J'ai sorti la poupée de sa boîte et je lui ai fait secouer ses bouclettes.

– Tiens, on pourrait l'appeler Boucle d'Or, ai-je proposé.

– Attention, tu vas l'abîmer, elle aussi !

Maman m'a pris la poupée et a lissé sa robe du plat de la main.

– Ce n'est pas moi qui ai abîmé Belle.

– Eh bien, tu dois quand même manier celle-ci

avec précaution, a décrété maman en me la rendant.

Je la tenais à bout de bras, sans savoir quoi en faire.

— Bonjour, Boucle d'Or, tu as de belles bouclettes dorées. De belles boucles bouclées.

— Ce n'est pas terrible comme nom, a remarqué ma mère. C'est une très belle poupée de collection, Jenny. Tu n'aimes pas ses anglaises ?

— Si, c'est joli.

— Tiens, et si on essayait de faire quelque chose de *tes* cheveux ? Approche un peu.

Elle a fouillé dans son sac à main, en a tiré une petite brosse et m'a sauvagement attaquée.

— Allons-y !

— Aaaaaaïe !

— Ne bouge pas ! m'a ordonné maman en me donnant un petit coup de brosse.

– Mais tu m'arraches la tête !

– N'importe quoi. On dirait que tu ne les as pas brossés depuis des semaines. C'est un vrai paillasson !

– Ouiiiiille !

– Tu fais autant de cinéma quand Cam te coiffe ?

– Ce n'est jamais arrivé.

Maman a soupiré en secouant la tête.

– Franchement, elle est payée une fortune pour s'occuper de toi et elle te laisse tc balader coiffée comme un épouvantail.

– Cam ne s'intéresse pas tellement à la mode, ni au look, tout ça, ai-je expliqué en m'efforçant de garder la tête droite même si j'avais l'impression qu'elle me lacérait le cuir chevelu.

– Ça m'aurait étonnée ! Eh bien, en tout cas, moi, je me préoccupe de savoir à quoi tu ressembles.

– Moi aussi, maman. Ouille ! Non, non, c'est bon, continue. Il faut souffrir pour être belle, hein ?

Maman a éclaté de rire, pourtant je n'avais pas voulu faire de l'humour.

– Quel petit clown !

Elle s'est interrompue, tapotant sa brosse dans la paume de sa main.

– Tu m'aimes, hein, ma chérie ?

– Je t'aime et je t'adore ! ai-je crié.

Mais ça ne suffisait pas.

– Plus que tout au monde ?

– Oui ! ai-je affirmé, la gorge serrée. Oui. Tu penses. T'es ma maman.

Elle m'a caressé la joue, puis a pris mon menton dans sa main.

– Et toi, tu es ma petite fille chérie. Enfin, bientôt une grande fille.

Elle a effleuré mes lèvres.

– Elles sont toutes gercées. Tu as besoin d'un baume hydratant. Une seconde…

Elle a fouillé dans son maquillage, au fond de son sac.

– Hé, maman, si tu me maquillais, dis ?

Elle a penché la tête sur le côté, amusée.

– Oui, ça te donnerait peut-être un peu de couleurs…

– Oh oui, maman, mets-moi plein de couleurs, comme toi !

Elle a ri.

– Nous n'avons pas le même teint, mais je vais te donner meilleure mine. Tu as un joli petit visage, mais tu as tendance à trop froncer les sourcils. Tu ne voudrais quand même pas être toute ridée quand tu auras mon âge ? Souris, Jenny.

J'ai souri à en avoir des crampes.

– Voyons… il te faudrait un rouge à lèvres rose pâle et un peu de blush sur les joues.

– Non, je veux du rouge à lèvres bien rouge, comme le tien ! ai-je décrété en fouillant dans son sac.

– Ne touche pas à ça ! a protesté ma mère en tentant de me l'arracher. Jenny ! Tu mets le bazar dans mes affaires !

J'ai trouvé un portefeuille en similicroco rouge.

– Tu cherches mes sous ?

– Il y a une photo de moi à l'intérieur ? ai-je demandé en l'ouvrant.

J'ai regardé. Il y avait bien une photo, mais pas de moi.

– C'est qui ?

– Rends-moi ce portefeuille, a ordonné ma mère d'un ton sec.

– C'est qui, ce type ? ai-je insisté en le lui tendant.

– Personne, a-t-elle répondu en sortant la photo de la pochette en plastique. Et voilà ce que je pense de lui.

Elle a déchiré la photo en petits morceaux.

– C'est mon père ?

– Non ! s'est récriée ma mère, stupéfaite, comme si elle avait oublié que j'avais un père. Non, c'est mon petit ami. Enfin, mon ex.

– Celui qui est parti avec une fille plus jeune ?

– Ouais. Le minable. Enfin, on n'a pas besoin de lui, de toute façon.

J'ai dit qu'il fallait être dingue pour laisser tomber une femme aussi belle que maman. Ça lui a fait très plaisir. Nous nous sommes assises sur le canapé toutes les deux, j'ai posé avec précaution Boucle d'Or sur mes genoux et coincé Chamallows sous mon bras. Maman m'a donné un autre chocolat blanc. Je n'en avais pas vraiment envie, mais je me suis forcée à le manger. J'ai même léché ses longs doigts fins, et elle a poussé des petits cris.

– On va être bien, toutes les deux, pas vrai, Jenny ?

Visiblement, elle attendait une réponse sérieuse.

– Ça va être super ! ai-je affirmé.

– On restera toujours ensemble, hein ?

– Toujours, toujours, toujours !

– C'est bien ce que tu veux ? a insisté maman.

– Plus que tout au monde !

On a fait un gros câlin, maman et moi (Boucle d'Or et Chamallows ont été un peu écrasés, mais maman n'a rien dit), on était sur notre petit nuage à nous, on s'est envolées au septième ciel.

Un chez-soi dans les arbres

Quand je suis retournée dans ma maison, j'ai trouvé Football et Alexandre en train de jouer au foot, ça m'a un peu énervée. Enfin, Football shootait et Alexandre était censé faire le goal, en fait, il servait plutôt de poteau de but.

Ils n'avaient rien à faire ici. En tout cas, pas sans moi. J'ai filé dans la cuisine. Alexandre avait mis un paquet de Pim's dans le frigo en carton. Ça m'a encore plus énervée parce que je n'aime pas beaucoup l'orange. J'en ai mangé trois quand même. J'avais soif, mais il n'y avait qu'une stupide bouilloire en carton. J'en ai fait une boulette. Non, mais quel crétin !

– Ça m'a pris une éternité pour réussir à faire les deux côtés symétriques et le bec bien droit, m'a-t-il reproché en surgissant sur le seuil de la porte.

– Ce n'était qu'un bout de carton ! Hé, tu ne devineras jamais !

– Quoi ?

– Je vais aller vivre chez ma mère.

– Ah bon, a-t-il répondu comme si j'avais dit que j'allais reprendre un biscuit.

– Comment ça « ah bon » ? C'est nul comme réponse. Tu aurais pu t'exclamer : « Waouh ! Tu as de la veine, Jenny ! C'est super-génial-top-méga-cool ! »

Alexandre s'est mis au garde-à-vous et a récité docilement :

– Waouh ! Tu as de la veine, Jenny !

Puis il s'est interrompu :

– C'était quoi, la suite, déjà ?

On aurait dit qu'il n'en pensait vraiment pas un mot.

– Tu n'as pas vu ma mère, ai-je repris, regrettant de ne pas avoir de photo à lui montrer. Elle est splendide. Vraiment, vraiment belle, habillée très chic, super bien coiffée et maquillée. Elle m'a maquillée et coiffée, moi aussi. J'avais l'air d'un top model.

Un grognement irrévérencieux s'est échappé du salon où, visiblement, Football tendait l'oreille et n'en perdait pas une miette.

Je l'ai rejoint d'un pas décidé, Alexandre sur les talons. Football a reculé en titubant, abritant ses yeux du revers de la main comme s'il était ébloui.

– Oh, voilà Jenny le super top model ! s'est-il esclaffé.

Je l'ai fusillé du regard.

– Tu peux te moquer, mais si ça se trouve, plus tard, je ressemblerai à ma mère et je serai super belle comme elle.

– Ouais, c'est ça ! Tiens, regarde, une poule qui sourit de toutes ses jolies dents blanches !

Alexandre s'est retourné, cherchant des yeux la poule aux dents blanches.

– Ma mère m'a offert plein de cadeaux ! ai-je ajouté. Des tonnes.

– Au secours, un troupeau de poules pleines de dents ! s'est écrié Football.

Alexandre a cligné des yeux, perplexe, puis soudain il a compris et a éclaté de rire.

– C'est vrai ! Elle a dépensé une fortune pour moi. Elle m'a offert tout ce dont je rêvais !

– Ah ouais ? L'ordinateur ? Les rollers et le VTT ? s'est étonné Football, un peu impressionné tout de même.

J'ai marqué un temps d'hésitation.

– Elle m'achètera tout ça quand je vivrai chez elle.

– Ha ha ! s'est-il exclamé triomphalement.

– Mais elle m'a déjà offert ce T-shirt. Et c'est une marque, pas une copie, regarde l'étiquette.

– Cool ! a-t-il commenté.

– Et aussi une énorme boîte de chocolats, tellement grande que je n'ai pas pu tous les manger.

– Tu pourrais peut-être les mettre dans notre frigo, alors, a proposé Alexandre, ricanant toujours. On est un peu à court de provisions en ce moment.

– Ouais, mais ils étaient à la crème et, quand je suis arrivée chez Cam, ils avaient un peu tourné alors on a dû les jeter. Enfin, j'ai encore la boîte. Je te la montrerai si tu ne me crois pas, Football.

Et ma mère m'a offert des tas d'autres trucs : des peluches incroyables et une poupée de collection, une vraie antiquité qui coûte plus de cent livres.

– Une poupée ?

– Oui, enfin, c'est un objet de décoration. Elle est tout simplement splendide, je vous dis. Ma maman est la meilleure maman du monde.

Alexandre avait retrouvé son sérieux et me fixait de ses yeux de fouine.

– Quoi ? ai-je aboyé.

– Ça ne peut pas être la meilleure maman du monde, si elle t'a abandonnée. Une mère qui abandonne sa petite fille, c'est une mauvaise mère, je trouve.

– Elle n'a pas pu faire autrement, me suis-je empressée de répondre. C'était les circonstances. Elle avait des choses à faire. Et puis il y avait son horrible petit copain. Elle n'a pas eu le choix. Elle a pensé que je serais bien au foyer pour enfants.

– Je croyais que tu avais détesté cet endroit, a objecté Alexandre.

Il commençait vraiment à me taper sur les nerfs.

– Je ne m'en suis pas si mal sortie, ai-je répliqué.

– Non, c'est Cam qui t'en a sortie, a-t-il insisté. Justement… et Cam, dans tout ça ?

– Quoi, Cam ? ai-je demandé en me postant face à lui.

Je lui montrais les dents, avec une terrible envie de le mordre.

– Ma mère dit qu'elle se fiche bien de moi et qu'elle m'a seulement recueillie pour l'argent.

– Désolé, mais ça ne doit pas être facile de vivre avec toi, Jenny, a répondu Alexandre en reculant d'un pas, sans vouloir se taire. Moi, je pense qu'elle t'a recueillie parce qu'elle t'aime bien. Tu ne l'aimes pas, toi ?

– Si, ça va, ai-je fait, mal à l'aise. Enfin, de toute façon, elle ne doit pas m'aimer tant que ça, sinon elle se battrait pour me garder, non ?

Alexandre a réfléchi.

– Mm… Peut-être qu'elle essaie de respecter tes désirs parce qu'elle t'aime beaucoup, au contraire.

– Et peut-être que tu devrais la fermer et t'occuper de tes oignons. Qu'est-ce que tu en sais, d'abord, toi, Alexandre-le-mini-rikiki-cornichon ?

Je l'ai poussé et j'ai fait signe à Football.

– Allez, on se fait une partie de foot. Avec moi, tu vas vraiment pouvoir jouer !

Football a arrêté de nous fixer et est passé à l'action. Il m'a envoyé le ballon et j'ai shooté tellement fort qu'il a rebondi sur le mur d'en face et a atterri pile sur la télé.

– C'est la deuxième télévision qui finit écrabouillée, c'est super long à fabriquer, a gémi Alexandre.

– Oh, arrête avec tes stupides machins en carton. On n'a qu'à tout saccager ! ai-je décidé en donnant un grand coup de pied dans la télé pour l'achever.

Alexandre était au bord des larmes. Je ne comprends pas pourquoi. Ce n'est pourtant pas à lui que je l'avais donné, ce coup de pied ! Mais quand Football s'y est mis aussi, prêt à tout casser, je l'ai entraîné au premier étage. Au moins, Alexandre n'avait pas construit de « meubles » là-haut, mais il y avait une montagne de vieilles caisses pour shooter dedans et un ancien matelas pour sauter dessus.

Alexandre nous a suivis à contrecœur et il est resté sur le seuil, sans oser se joindre au massacre. Je me sentais un peu coupable, mais je lui en voulais encore – pourquoi avait-il tant insisté à propos de ma mère ?

Après deux bonnes minutes en mode « destruction massive », Football a décidé de faire une petite pause.

– Et toi, Football, tu penses que c'est chouette que j'aille vivre avec ma mère ? ai-je demandé. Hé, ne t'allonge pas sur ce matelas, tu vas attraper des puces !

– Beurk ! a-t-il hurlé en se levant d'un bond. Ouais, je pense que c'est bien, surtout si elle t'offre tous ces cadeaux. Prends le meilleur, Jenny. Choisis celle qui peut te donner le plus de trucs.

Il a fait rebondir son ballon contre le mur puis l'a renvoyé d'un coup de tête de pro.

– Waouh ! Vous avez vu ? a-t-il crié en levant les bras, pour crâner un maximum.

– Ce n'est pas juste les cadeaux, c'est parce que c'est ma mère, ai-je répondu.

– Les mères, c'est toutes des nulles, a décrété Football.

– Tu ne dirais pas ça à propos des pères !

– Si ! a-t-il affirmé et, cette fois, il a shooté si fort que le ballon a tapé dans le mur, rebondi, cassé la vitre et disparu dans les airs.

– Oups...

– Bon, ça suffit, le massacre, ai-je décidé.

– Attention, Football, est intervenu Alexandre. Tu vas te couper avec les morceaux de verre.

– Qu'est-ce que tu fais, t'es malade ? ai-je crié en voyant Football ouvrir la fenêtre, répandant des éclats de verre partout.

– Il nous faudrait une pelle et une balayette, a affirmé Alexandre. Je pourrais peut-être les découper dans du carton ?

– Arrête avec tes trucs en carton débiles, on t'a dit. Hé, Football, qu'est-ce que tu fabriques ?

Il était en train de passer par la fenêtre !

– Je vais récupérer mon ballon. Il n'est pas tombé par terre, il est coincé dans la gouttière.

– Ne fais pas ça, Football !

– C'est extrêmement dangereux.

– Pas dans la gouttière !

– Tu es beaucoup trop gros. Non !

Mais Football ne nous écoutait pas. Il a tenté de s'accrocher à la descente d'eau. Elle a oscillé et commencé à se tordre sous son poids. Il l'a vite lâchée.

– Rentre, Football ! ai-je crié en le tirant par les chevilles.

Il m'a écrabouillé les doigts... puis s'est jeté dans le vide.

J'ai hurlé en fermant les yeux. Je guettais le fracas de la chute puis le bruit sourd de l'atterrissage. Mais rien.

Alexandre faisait de drôles de petits bruits rauques à côté de moi.

– Regarde ! m'a-t-il soufflé.

J'ai rouvert les yeux... Incroyable ! Football avait sauté dans le sapin qui poussait contre la maison. Il s'est frappé le torse à la manière de Tarzan.

– T'es dingo !

– Pas du tout. Tu n'es jamais montée dans un arbre ? En plus, celui-là, il est super facile, on dirait une échelle.

Football a grimpé tranquillement tandis que nous nous tordions le cou pour le voir. Alexandre

serrait ma main dans la sienne, enfonçant ses petits ongles pointus dans ma paume.

Football est arrivé presque au sommet, a tendu le bras et a récupéré son ballon dans la gouttière.

– Beurk, il est tout plein de bouillasse, a-t-il râlé en l'essuyant dans les branches.

– Allez, redescends, espèce de malade ! ai-je braillé.

– Je vais te le nettoyer, Football, a proposé Alexandre. Je t'en prie, reviens, maintenant !

Football est donc redescendu, il a lancé le ballon par la fenêtre cassée, s'est penché au-dessus du vide, a sauté, trébuché sur le rebord de la fenêtre et s'est écroulé sur nous.

Pendant un instant, nous sommes tous restés muets de stupeur. Puis Football s'est relevé le premier. De toute façon, Alexandre et moi, on n'avait pas le choix, vu qu'il était couché sur nous.

– Les pères, c'est tous des nuls, a décrété Football en époussetant ses vêtements avant d'essuyer son ballon boueux sur le sweat-shirt d'Alexandre. Des nuls, des minables et des moins que rien.

Il avait repris la conversation là où elle s'était arrêtée.

– Mais tu es dingue de ton père, ai-je remarqué en me relevant avec précaution, puis j'ai remué les bras et les jambes pour vérifier qu'ils n'étaient pas cassés.

– Ouais, ben, c'est dingue, justement. C'est le nouveau surnom que tu m'as trouvé, non ? Dingo ?

Alexandre s'est assis et a contemplé son sweat-shirt maculé de boue.

– C'est le haut de mon uniforme d'école, a-t-il dit d'une toute petite voix, avant d'avaler sa salive. Enfin, ce n'est pas grave, vu que je ne vais plus en cours, maintenant.

– Oh, mon Dieu, j'ai sali ton sweat-shirt d'école ! s'est exclamé Football. Je suis affreusement désolé, mon vieux.

Alexandre l'a pris au sérieux.

– Ce n'est pas grave, Football.

Il s'est relevé prudemment comme s'il craignait d'être de nouveau assommé.

– Qu'est-ce qui s'est passé, avec ton père, Football ? a-t-il voulu savoir.

J'ai retenu mon souffle.

– La ferme, crétin, a-t-il répliqué.

Mais il s'est contenté de faire rebondir son ballon sur la tête d'Alexandre.

– Ton père ne t'a pas emmené au match samedi ? ai-je demandé.

Football s'est brusquement rassis, dos au mur. Il a baissé les yeux vers le plancher nu. Il n'a même pas fait rebondir son ballon.

– J'ai attendu, attendu, attendu, a-t-il murmuré. Mais il n'est jamais venu.

Football a pensé qu'il y avait eu un problème, que son père était malade ou qu'il avait des ennuis, alors il est allé chez lui. Sauf qu'il n'y avait personne. Il s'est assis devant la porte de son appartement et il a attendu une éternité. Et quand son père a fini par rentrer, il était avec sa petite amie, collé à elle comme une ventouse. Football nous a raconté ça, l'air dégoûté. Et ce n'était pas tout.

Il s'est avéré que son père avait emmené sa petite amie au match à sa place parce qu'elle craquait sur les jambes du gardien de but. Et ils trouvaient ça drôle et trop mignon, ils riaient sans se douter de la peine qu'ils faisaient à Football. Il a joué celui qui s'en fichait et a dit que, de toute façon, il en avait assez d'aller au match tous les samedis. Son père l'a mal pris et a dit : « Très bien, puisque c'est comme ça… »

Alors Football a filé et, quand il est arrivé chez lui, sa mère a bien vu que ça n'allait pas mais ça l'a énervée et elle a recommencé à traiter son père de tous les noms.

– Alors je lui ai répondu. J'ai dit que ce n'était pas étonnant que papa soit parti, avec une femme pareille. Elle m'a giflé puis elle s'est mise à pleurer et maintenant elle ne me parle plus. Voilà, mon père et ma mère me détestent. Donc ils sont nuls, non ? Les parents, c'est tous des nuls.

Il s'est tu. Toute la maison s'était tue. Il n'y avait pas un bruit. Il faisait froid avec la vitre cassée. J'ai frissonné.

– Ça ne veut quand même pas dire que tous les parents sont nuls, est intervenu Alexandre.

Il est des silences qu'il vaut mieux ne pas briser Football a une nouvelle fois lancé sa balle dans la tête d'Alexandre. Fort.

– Je n'aime pas trop quand tu fais ça, Football, a-t-il protesté en clignant des yeux.

– Tant mieux, a répliqué Football.

Et il a recommencé. Manque de chance pour Alexandre, il visait redoutablement bien.

– Jenny ? a fait Alexandre, une larme roulant sur sa joue.

C'était comme s'il y avait eu deux Jenny. L'une d'elles avait envie de le serrer dans ses bras, de sécher ses larmes et de dire à Football de s'en prendre à quelqu'un de sa taille. Mais l'autre mourait d'envie de lancer le ballon dans sa tête de petit malin.

Les deux Jenny se disputaient sous mon crâne. Et devinez laquelle a gagné.

– T'es qu'une mauviette, Alexandre. Pourquoi tu ne te défends pas tout seul ? Tu n'oses jamais rien dire, jamais rien faire.

Son visage s'est assombri.

– Si, j'ai fait ce que tu m'avais dit, j'ai relevé le défi, et maintenant tout le monde se moque de moi.

– Quel défi ? a demandé Football, sans cesser de faire rebondir sa balle.

– Je me présente : Jenny Bell, lanceuse de défis extrêmement périlleux, ai-je annoncé fièrement.

Il a arrêté le ballon.

– Quel genre de défis ?

– Des défis en tout genre !

– Alors vas-y, lance-moi un défi, a-t-il dit en roulant des mécaniques.

Une dizaine d'idées m'ont traversé l'esprit. Mais aucune ne me semblait à la hauteur de Football. Je me suis creusé la cervelle. Il fallait un défi audacieux, dangereux, complètement dingo.

Alexandre a dû penser que j'avais besoin d'un coup de main.

– Jenny a été cap d'agiter sa culotte dans les airs, a-t-il claironné.

– La ferme, Alexandre, ai-je sifflé.

Football a souri.

– D'accord, alors Jenny, t'es cap d'enlever ta culotte et de l'agiter dans les airs ? Vas-y.

– Tu peux toujours courir. Et de toute façon, ce défi, on l'a déjà fait, tu ne peux pas copier.

– Très bien, alors je vais trouver une meilleure idée.

Football souriait jusqu'aux oreilles, maintenant.

– T'es pas cap d'enlever ta culotte et d'aller l'accrocher dans le sapin comme une décoration de Noël !

Je l'ai fixé. Ce n'était pas juste. C'était une idée géniale. Une idée digne de Jenny Bell. Oh, comme j'aurais aimé lui clouer le bec !

– Tu ne peux pas lui demander ça, a protesté Alexandre, c'est beaucoup trop dangereux !

– J'y suis bien monté, moi, dans cet arbre, et j'en suis revenu ! a dit Football.

– Oui, mais tu es plus grand et plus costaud que Jenny, a fait valoir Alexandre. Et encore plus dingue, a-t-il ajouté tout bas.

– Personne n'est plus dingue que moi, ai-je décrété. OK, je vais le relever ton défi minable, les doigts dans le nez.

– Jenny !

Alexandre s'est tourné vers moi, puis vers Football.

– Ce n'est qu'un jeu, hein ?

– Ouais, et c'est moi qui l'ai inventé, le jeu des défis ! ai-je affirmé. Mais t'es trop trouillard pour y jouer, misérable petit cornichon.

– Cornichon ? a répété Football. Un petit machin vert et fripé ?

– Dans son école, ils l'ont surnommé Petit Cornichon en le voyant tout nu dans les vestiaires ! ai-je expliqué.

Football était plié de rire.

– Cornichon ! Ah, elle est bonne ! Petit Cornichon !

Alexandre m'a dévisagée avec de grands yeux, l'air tout chiffonné.

– Pourquoi tu es si méchante avec moi, aujourd'hui, Jenny ?

– C'est *toi* qui es méchant avec moi. Tu essaies de me dissuader d'aller vivre avec ma mère alors que c'est toujours ce que j'ai voulu le plus au monde, ai-je dit en m'approchant de la fenêtre.

J'ai poussé les éclats de verre du bout du pied et je me suis hissée sur le rebord.

– Jenny, arrête ! Et si tu tombes ? a-t-il hurlé.

J'ai passé une jambe dehors.

– Jenny ! Je plaisantais. Tu es trop petite, est intervenu Football.

– Je ne suis pas petite ! Je suis Jenny la Grande et je relève tous les défis, ai-je crié en sortant l'autre jambe avant de me mettre debout sur l'appui de la fenêtre.

Enfin, plus ou moins debout. J'avais un peu les jambes qui flageolaient.

J'ai regardé en bas… Oh, non ! je n'aurais pas dû !

– Rentre, Jenny ! a crié Alexandre.

Mais je ne pouvais pas faire marche arrière. Il fallait que j'aille jusqu'au bout.

– Je vais relever le défi et gagner, j'en suis cap, tu vas voir.

J'ai fixé mes yeux sur le sapin… et j'ai sauté. L'espace d'une seconde, il y a eu le vide, les cris (les miens et ceux des autres), et puis je me suis retrouvée au milieu des aiguilles qui me griffaient le visage. J'étais cramponnée au sapin, les jambes autour du tronc.

J'avais réussi ! Je n'étais pas tombée ! J'avais réussi ce terrible saut au péril de ma vie ! Football a lancé son cri de Tarzan et je l'ai imité, hurlant à pleins poumons.

– Allez maintenant, reviens, Jenny, m'a suppliée Alexandre.

– Je viens à peine de commencer ! Ferme les yeux. Et toi aussi, Football.

Ils m'ont dévisagée, perplexes, à croire qu'ils avaient complètement oublié en quoi consistait le défi.

– Il faut que j'enlève ma culotte, ai-je expliqué, alors on ne regarde pas !

Ils ont fermé les yeux docilement. Enfin l'un des deux, tout du moins.

– Football ! Tu me prends pour une idiote ? Arrête de m'espionner ! ai-je ordonné.

Cette fois, Football a vraiment fermé les yeux. Avec précaution, j'ai lâché la branche et j'ai glissé une main sous ma jupe. C'était beaucoup plus effrayant de se tenir d'une seule main. Il aurait été beaucoup plus astucieux d'enlever ma culotte *avant* de grimper dans l'arbre, mais c'était trop tard, maintenant. Je l'ai descendue jusqu'à mes genoux, puis je me suis penchée. J'ai vu le jardin tanguer en bas, si bas, ça m'a donné le vertige.

– Arrête, Jenny, tu vas tomber ! a crié Football.

– Ferme tes ******* d'yeux !

J'étais tellement furax qu'il puisse voir sous ma jupe que j'en ai oublié ma peur, j'ai ôté ma culotte et je me suis redressée en un éclair.

– Ça y est ! ai-je claironné en l'agitant comme un drapeau.

Football m'a acclamée.

– Accroche-la deux secondes dans une branche,

et puis reviens, m'a-t-il crié. Tu as gagné le pari, Jen. Bravo !

– Oui, reviens, maintenant, Jenny, a renchéri Alexandre.

Mais je ne voulais pas rentrer tout de suite. Je commençais à m'habituer à être dans l'arbre. J'ai regardé vers le sommet plutôt que vers le bas. C'était génial de tout dominer comme ça. J'ai grimpé sur une branche un peu plus haut, puis encore plus haut et toujours plus haut.

Les garçons hurlaient, mais je les ai ignorés. J'étais Jenny la fille-singe qui sautait de branche en branche sans se soucier du reste du monde.

Plus j'approchais du sommet, plus l'arbre tanguait, mais ça ne me dérangeait pas. Je ne trouvais pas du tout ça effrayant, au contraire, c'était rassurant. La fille-singe pourrait passer ses journées à se balancer dans son arbre et, la nuit, elle s'installerait dans un hamac en feuilles tressées et s'endormirait, bercée par le mouvement de l'arbre.

C'était une idée, ça, une maison dans les arbres. Alexandre pourrait me la dessiner, mais ce ne serait pas un de ses machins en carton, non, Football et moi, on la construirait avec de vraies planches de bois et on l'accrocherait solidement dans l'arbre. Ouais, ce serait génial, une cabane comme ça. Je pourrais l'aménager, avec des couvertures et des coussins, et j'aurais plein de provisions et je pourrais y vivre tout le temps et espionner tous mes ennemis de là-haut et le monde entier craindrait la célèbre Jenny des Bois.

J'étais décidée à mettre mon projet à exécution, lorsque je me suis souvenue que je devais partir vivre chez ma mère d'un jour à l'autre, donc que ça ne servait plus à rien, ça m'a perturbée... et j'ai glissé.

J'ai tenté de me rattraper tant bien que mal à la branche d'en dessous, ne tenant que d'un fil (ou d'une branche) à la vie.

– Attention, Jenny !

– Jenny, reviens ! C'est toi qui es la plus dingo !

Mon cœur cognait comme un marteau piqueur et j'avais les mains moites, mais j'ai voulu les épater davantage. Je suis remontée plus haut, encore plus haut, branche par branche, pas à pas, terriblement concentrée sur ce que je faisais. Je suis montée jusqu'à ce qu'il n'y ait plus rien à escalader, les branches étaient tellement fines qu'elles se cassaient sous mes doigts, mais j'ai quand même été jusqu'au bout, jusqu'au sommet. Et là, j'ai accroché ma culotte à la cime du sapin comme une grosse étoile blanche.

J'étais au septième ciel ! J'avais réussi. J'avais relevé le plus grand défi de tous les temps !

Je suis redescendue tranquillement, pas à pas, plus bas, toujours plus bas, jusqu'à ce que j'arrive au niveau de la fenêtre où Football et Alexandre m'ont accueillie, bouche bée, les yeux écarquillés, comme si j'étais un ange tout droit sorti du paradis.

– Poussez-vous ! ai-je ordonné. Arrêtez de gober les mouches !

Ils se sont écartés du passage comme des rideaux.

J'ai pris mon élan pour sauter.

Et hop, j'ai franchi la fenêtre. Je ne suis même pas tombée. J'ai atterri sur mes pieds. Jenny la fantastique femme-chat aux neuf vies, pas une de moins !

– Qu'est-ce que vous dites de ça ? ai-je lancé en me mettant à danser comme une folle dans toute la pièce.

Football s'est joint à moi, sautillant et me tapant dans le dos.

– T'es une championne, fillette ! Avec ou sans culotte !

– Ouais, je suis la championne des championnes, pas vrai ? Hein, Alexandre ?

– Et la plus dingue des dingues aussi ! a-t-il répliqué. J'avais les jambes en compote, rien que de te regarder. J'en tremble encore !

– De la compote de cornichon, beurk ! ai-je crié.

– Vous êtes dingues. Tous les deux. Vous ne vous rendez pas compte ? Vous auriez pu vous tuer. Ça ne fait pas de vous des champions.

– Non, c'est toi, le champion. Le champion des casse-pieds et des rabat-joie, ai-je dit en le bousculant.

Comment osait-il me gâcher ma merveilleuse et prodigieuse victoire ?

– Si, c'est une championne, et moi aussi ! a affirmé Football en le bousculant à son tour.

– Arrêtez de me bousculer, a-t-il protesté en se recroquevillant sur lui-même. Vous n'êtes pas du tout, du tout, du tout des champions parce que vous prenez des risques stupides et que vous manquez de vous tuer !

Je commençais à avoir envie de le tuer, lui, ce misérable moucheron bourdonnant à mes oreilles. Il me suffisait de tendre la main, et PAF !

– Ne m'énerve pas, Alexandre, l'ai-je menacé en le bousculant à nouveau.

– Je t'ai déjà énervée en te parlant de ta mère, c'est pour ça que tu n'arrêtes pas de m'embêter.

– Ça n'a rien à voir avec ça, ai-je répliqué avec véhémence. Tu m'énerves parce que tu es *énervant !*

– Pas étonnant qu'ils s'en prennent tous à toi, à l'école, s'est esclaffé Football. Pas étonnant que ton propre père ne puisse pas te supporter.

Il ne l'a même pas touché cette fois-ci, mais les mots étaient pires que les gestes.

J'ai légèrement tempéré :

– Il doit quand même l'aimer un peu.

– Non, il ne m'aime pas, a répliqué Alexandre, les joues baignées de larmes. Il me déteste.

Ça m'a tellement fait culpabiliser que j'ai eu envie d'être encore plus méchante avec lui.

– C'est n'importe quoi ! T'es trop bête ! ai-je rajouté.

Je l'ai poussé brutalement.

– Tu me portes vraiment sur les nerfs aujour-d'hui !

– Tu m'as toujours porté sur les nerfs, Petit Cor-nichon, a renchéri Football.

– Arrêtez de m'appeler comme ça, a-t-il fait en reniflant.

– Cornichon ! Cornichon ! Cornichon ! s'est mis à chantonner Football. Petit cornichon tout fripé qui n'ose même pas jouer au jeu des défis !

– Si, j'y ai joué ! a-t-il protesté. Et j'ai relevé un défi, pas vrai, Jenny ?

– Ouais, tu as été assez bête pour dire à toute ton école de t'appeler Petit Cornichon !

– Arrête !

– Cornichon ! Cornichon ! Cornichon ! lui ai-je crié en pleine tête.

Football était juste à côté de moi.

– Dégage, Petit Cornichon, c'est chez nous, ici.

– J'étais là le premier, a pleurniché Alexandre.

– Mais maintenant, c'est chez nous, ai-je répliqué.

– Et on ne veut pas de lui. Pas vrai, Jen ?

Je ne pouvais pas être aussi méchante. Il y avait encore une partie de moi qui avait envie de passer un bras autour des épaules d'Alexandre et de le serrer très fort.

Il a vu que j'hésitais. Il a reniflé bruyamment.

– Je veux bien relever un autre défi si vous me laissez rester.

– Très bien, alors grimpe dans l'arbre chercher la culotte de Jenny, a répondu Football du tac au tac.

– Non ! me suis-je écriée.

– Si ! a insisté Football.

– D'accord, a fait Alexandre.

– Ne sois pas bête, suis-je intervenue, paniquée.

Tout s'enchaînait trop vite, j'avais perdu le contrôle de la situation.

– Football, je t'en prie, tu ne peux pas lui demander ça.

– Je l'ai fait. Et toi aussi, alors que tu es plus jeune. Et en plus, tu es une fille.

– Je vais le faire, a affirmé Alexandre. Je pense que c'est de la folie et que je vais sûrement me tuer, mais ça m'est égal. Je vais le faire quand même. Vous allez voir.

Il a couru à la fenêtre.

– Non, ne fais pas ça, Alexandre !

J'ai voulu le rattraper, mais il était plus rapide que je ne le pensais.

– Tu ne sais pas grimper aux arbres, tu n'as aucun équilibre, tu es maladroit ! Tu vas tomber !

– Je viens de vous dire que ça m'était égal.

Il a voulu sauter sur le rebord mais il a complètement raté son coup et il s'est cogné le nez contre l'encadrement de la fenêtre.

– Tu vois, Alexandre. Là, c'est toi qui joues les idiots, ai-je dit en me précipitant vers lui.

Il a secoué la tête, à moitié assommé, le nez écarlate.

– Football, retire ton défi, vite !

– OK, OK, je retire mon défi, Petit Cornichon !

– Je veux quand même le relever pour que vous me promettiez de ne plus jamais m'appeler Petit Cornichon, a marmonné Alexandre d'une voix étouffée parce qu'il tenait son nez tout écrabouillé dans ses mains.

– Il n'y a plus de défi à relever. Tu avais raison, on est dingues.

– Vous m'avez dit de ficher le camp, a-t-il insisté en se tournant vers la fenêtre.

– Je ne le pensais pas, ai-je dit. Tu es mon ami, Alexandre. Je t'aime bien. Et Football aussi.

– Non, c'est pas vrai, a protesté l'intéressé.

– SI ! ai-je grondé.

– Personne ne m'aime, personne ne m'aime vraiment, a gémi Alexandre.

Et il s'est à nouveau rué vers la fenêtre, si soudainement qu'il nous a pris par surprise.

Cette fois, il a sauté assez haut. Il a réussi à grimper sur le rebord de la fenêtre. Mais il ne s'est pas arrêté. Il a continué tout droit comme un personnage de dessin animé qui marche dans le vide. Sauf qu'Alexandre était en chair et en os. Il n'est pas resté suspendu dans les airs pour pousser un cri et revenir en sécurité en pédalant en arrière avec ses petites pattes. Il est tombé, tombé, tombé comme une pierre dans l'obscurité du jardin, tout en bas.

Mon chez-moi dans le jardin

Nous avons cru qu'il était mort. Lorsque nous nous sommes précipités au rez-de-chaussée et que nous avons enjambé la fenêtre de derrière pour sauter dans le jardin en friche, il gisait toujours par terre, immobile. Il était sur le ventre, ses petits bras et jambes en croix.

– Alexandre ! ai-je crié.

– Il est clamsé, a affirmé Football. J'ai tué le pauvre Petit Cornichon.

– Tu n'as plus le droit de m'appeler Petit Cornichon, a répliqué Alexandre dans un couinement de souris.

Nous nous sommes jetés sur lui pour le serrer dans nos bras comme si c'était notre ami le plus cher.

– Attention! a-t-il protesté. J'ai dû me briser le cou. Et les bras, et les jambes. Ainsi que toutes les côtes.

– Tu as très mal? ai-je demandé en prenant sa petite main griffue dans la mienne.

– Je ne sais pas, a-t-il répondu. Ça fait bizarre, comme si je ne sentais plus rien. Mais je pense que je vais avoir affreusement mal quand ça se réveillera.

– Comment ça, tu ne sens plus rien? s'est affolé Football. Oh non, il est paralysé!

J'ai chatouillé Alexandre derrière les genoux, il a gigoté en poussant un petit cri.

– Mais non, il n'est pas paralysé, ai-je décrété. Et vous savez le plus incroyable?

Alexandre n'avait rien. Rien du tout. Il ne s'était même pas cassé un ongle! Là, nous étions carrément impressionnés. Comment avait-il pu survivre à cette chute sans le moindre petit bleu? J'avais toujours trouvé qu'Alexandre n'avait pas l'air tout à fait humain. Peut-être s'agissait-il d'un extraterrestre venu d'une autre planète? Cela aurait expliqué beaucoup de choses.

Mais la véritable explication de ce miracle nous est apparue lorsque, avec précaution, Alexandre s'est mis d'abord à quatre pattes puis debout. Il était tombé sur un vieux matelas !

– Tu es le gars le plus chanceux du monde ! me suis-je écriée.

– Enfin, tu risques d'avoir quelques piqûres de puce, a complété Football.

– J'ai quand même bien dû me faire mal quelque part, a marmonné Alexandre avec une pointe de regret dans la voix. J'ai une drôle de sensation dans la jambe. Ça me lance. Oui, j'ai dû me casser la jambe. C'est sûr.

– Tu ne peux pas avoir la jambe cassée, impossible, a affirmé Football. Tu serais comme ça…

Il a mimé un joueur de foot se tordant de douleur par terre.

– Tu sortirais sur un brancard, quoi.

– Peut-être… peut-être que je supporte bien la douleur, a suggéré Alexandre en s'essayant à boiter.

– Hé, c'était l'*autre* jambe que tu frottais il y a cinq minutes !

– Peut-être que je me suis cassé les deux, a insisté Alexandre.

– Tu ne t'es rien cassé du tout et tant mieux, je suis super contente, ai-je dit en le serrant à nouveau dans mes bras.

– Ouais, moi aussi, a ajouté Football d'un ton bougon.

– Et vous ne me traiterez plus jamais de C-O-R-N-I-C-H-O-N ?

– Promis.

– Parce que j'ai presque relevé le défi, hein ? Finalement, je suis peut-être Alexandre le Grand !

– T'es Alexandre le Petit, a affirmé Football en lui tapotant l'épaule.

– Toi, tu es Football, la terreur des goals, a

répondu Alexandre. Et toi, Jenny qui relève tous les défis.

– Ça marche !

– Alors on est tous amis, maintenant ? a-t-il demandé.

– Bien sûr que oui, ai-je répondu. Alexandre, arrête de boiter. Ta jambe va très bien.

– Non. Parce que si j'ai la jambe cassée, je serai dispensé de gym à l'école.

– Mais tu ne vas jamais en cours, de toute façon, ai-je remarqué.

– Si, je vais bientôt être obligé d'y retourner, a soupiré Alexandre. Ils ont envoyé une lettre à mes parents, ça a été terrible ! Mon père a dit qu'il m'accompagnerait à l'école lui-même.

– Tu dois être ravi !

– Alors on ne sera plus que tous les deux à la maison, Jen ? a fait Football.

– Ben, je ne sais pas si je pourrai. Pas si je suis chez ma mère. Je dois emménager d'un jour à l'autre. L'appartement de ma mère est génial, si vous voyiez la super déco !

Ils n'avaient pas l'air franchement subjugués.

– Tu parles, tu vas tout lui abîmer, a dit Football.

– Pas du tout !

J'avais déjà tout prévu. J'allais épousseter tous ses petits bibelots, passer l'aspirateur et maman me trouverait tellement serviable qu'elle ne voudrait plus jamais se séparer de moi.

– Je vais être la petite perle de ma maman, ai-je affirmé.

– Je ne comprends pas pourquoi tu veux aller vivre avec elle, a dit Football. T'es dingue. Pas vrai, Petit Cornichon ?

– Ne m'appelle pas comme ça ! s'est écrié Alexandre en lui écrasant le pied. Ouille ! C'était ma jambe blessée.

– Pardon, pardon, mais elle est dingue, non ?

Alexandre m'a jeté un regard anxieux, mais il a hoché la tête.

– Je me fiche de ce que vous pensez, tous les deux, ai-je répliqué avec véhémence.

Ils se trompaient. Je n'étais pas folle. N'importe quelle fille voudrait vivre avec sa mère. Même une fille qui a déjà une mère de remplacement.

Je n'ai pas beaucoup évoqué Cam, ces derniers temps. Pourtant on a eu des tas et des tas de discussions. Mais je n'ai pas eu envie d'en parler. Un auteur n'est pas obligé de tout raconter, quand même. Si je commençais à écrire tout ce qui m'arrive minute par minute, on aurait des pages et des pages de « j'ai ouvert les yeux », puis « je me suis blottie sous la couette encore cinq minutes » et ça continuerait avec « je me suis levée », « je suis allée aux toilettes », « je me suis brossé les dents », « j'ai joué à écrire mon nom en dentifrice et je me suis fait une moustache avec ma brosse à dents »… Bref, il faudrait tout un chapitre avant même d'arriver au petit déjeuner.

L'écrivain est obligé de faire une sélection. C'est ce que dit Mme Sacavomi. Au fait, je vous ai déjà dit qu'elle avait les dents fâcheusement de travers ? Elle postillonne dès qu'elle prononce le moindre S. Et si vous vous trouvez dans les parages, c'est très fâcheux pour vous car vous allez être aspergé de salive. Enfin, ça ne m'est pas arrivé récemment, puisque je ne mets pratique-

ment plus les pieds à l'école et que je file tout de suite à la maison.

Ils vont sûrement s'empresser de prévenir Cam. Ça tombe bien, je vais bientôt partir chez ma mère. J'ai tellement hâte ! Mais ils m'obligent à suivre leur procédure ridicule. Helen veut que j'essaie d'abord une semaine. Je ne vois pas pourquoi je ne peux pas y aller pour toujours directement. Tous ces allers et retours, ça commence à me taper sur les nerfs.

Cam a proposé de m'aider à préparer ma valise, mais elle n'arrêtait pas de me dire que je n'avais pas besoin de ci et pas besoin de ça, alors j'ai répliqué que j'aimais autant emporter toutes mes affaires vu que j'allais bientôt m'installer là-bas *pour toujours*.

Ces derniers mots ont résonné dans les airs longtemps après que je les ai prononcés. Comme s'ils nous cognaient sur le crâne pour bien rentrer dans notre cervelle.

Soudain Cam s'est reprise et elle a fourré toutes mes affaires dans la valise en bredouillant :

– Oui, bien sûr. D'accord.

Tandis que, de mon côté, je disais :

– C'est peut-être un peu idiot, et puis, de toute façon, maman va sans doute m'acheter plein de nouveaux vêtements. Des trucs de marque. Calvin Klein, Tommy Hilfiger…

– Grappe, oui, oui, tu n'as que ce mot-là à la bouche.

– GAP ! Franchement, tu n'y connais rien, Cam ! me suis-je écriée, exaspérée.

– Je sais une chose, a-t-elle répondu d'une petite voix, c'est que tu vas me manquer, ma puce.

J'ai avalé péniblement ma salive.

– Euh… tu vas me manquer aussi. J'imagine.

Je ne supportais pas la manière dont elle me regardait. Ce n'était pas juste.

– Quand on est famille d'accueil, ce n'est pas pour toujours, ai-je dit. Tu étais prévenue dès le début, non ?

– Oui, j'étais prévenue, a-t-elle répondu en prenant l'un de mes vieux T-shirts pour le serrer contre elle comme un doudou. Mais je ne me rendais pas compte à quel point ce serait dur.

205

– Désolée, Cam, ai-je dit. Vraiment. Mais ma place est auprès de ma mère.

– Je sais…

Elle a hésité. Elle a baissé les yeux vers le T-shirt comme si je me trouvais à l'intérieur.

– Jenny… Ne sois pas trop déçue si ça ne se passe pas exactement comme tu le voudrais.

– Mais ça se passe très bien !

– Je sais, je sais. C'est génial que tu aies retrouvé ta mère, mais tout ne sera peut-être pas toujours rose. Ce n'est pas un conte de fées…

Si ! Si ! Tout sera toujours rose comme dans les contes de fées. C'est juste que Cam ne veut pas mon bonheur.

– Tout est bien qui finit bien, tu vas voir, ai-je répliqué en lui arrachant mon T-shirt des mains pour le fourrer dans la valise avec les autres.

– Jenny, je sais…

– Tu ne sais rien du tout ! l'ai-je coupée. Tu ne sais rien sur ma mère. Même moi, tu ne me connais pas bien. Ce n'est pas comme si je vivais avec toi depuis des années. Je ne comprends pas pourquoi tu es obligée d'en faire autant… secouer la tête et me gâcher ma joie. Visiblement, tu es convaincue que je suis tellement dure, méchante et odieuse que ma mère va se lasser de moi en deux jours.

– Pas du tout. Tu n'es pas dure, ni méchante ni

odieuse. Enfin, si, parfois… mais tu peux aussi être géniale. Mais, même si tu étais la petite fille la plus géniale du monde et que tu t'entendais super bien avec ta mère, ça ne voudrait pas dire que ça marcherait forcément. Ta mère n'a pas l'habitude des enfants.

– Toi non plus, tu n'avais pas l'habitude, mais tu t'es habituée…

Soudain, j'ai eu une idée.

– Tiens, tu pourrais accueillir un autre enfant à ma place.

– Je ne veux pas d'autre enfant, a dit Cam en passant le bras autour de mon cou. C'est toi que je veux.

Je pouvais à peine respirer. J'avais envie de me blottir contre elle et de lui dire… de lui dire des tas d'idioties. Mais j'avais aussi envie de la repousser violemment et de lui hurler qu'elle n'avait pas le droit de me gâcher ma chance de vivre à nouveau avec ma mère.

Je me suis dégagée de son étreinte pour me remettre à faire ma valise.

– Si tu voulais vraiment me garder, tu aurais fait plus d'efforts dès le début, ai-je dit en rangeant mes vieilles baskets toutes pourries sous mon jean crasseux sans marque. Tu m'aurais acheté des vêtements potables. Et de vrais cadeaux.

– Oh, Jenny, ne commence pas ! s'est emportée Cam.

Elle s'est levée et s'est mise à arpenter ma grotte, aussi agitée qu'un chien plein de puces.

– Tu ne m'as presque rien offert, ai-je répliqué avec colère. Je n'ai jamais rencontré quelqu'un d'aussi radin. Regarde tout ce que ma mère m'a offert, elle !

– Une poupée, a fait Cam en la tenant à bout de bras.

– Oui, mais pas n'importe quelle poupée. Elle coûte une fortune. Ce n'est pas un jouet pour les bébés, c'est une poupée de collection. Pour décorer. Il y a des tas de vieilles dames qui collectionnent les poupées. Tu ne peux pas comprendre...

Je l'ai toisée d'un regard méprisant avec sa vieille chemise à carreaux et son jean trop grand.

– ... ce n'est pas ton genre.

– Encore heureux, a-t-elle dit.

– Ma place n'est pas ici, Cam. Pas auprès de toi. Ni de Jane, Liz et toutes tes idiotes d'amies. Ma place est auprès de ma mère. Elle et moi, on est du même sang. Tu es juste ma famille d'accueil. Tu es payée pour t'occuper de moi, c'est tout. Je parie que c'est pour ça que tu fais tout ce cinéma. Parce que tu auras moins d'argent quand je ne serai plus là.

– Pense ce que tu veux, Jenny, a répondu Cam de sa voix exaspérante de martyr.

– C'est la vérité !

– D'accord, d'accord, a-t-elle dit en croisant les bras.

– Non, pas d'accord ! ai-je insisté en tapant du pied. J'ignore ce que tu fais de cet argent. En tout cas, tu ne le dépenses pas pour moi.

– Tu as raison, a fait Cam de ce ton horripilant qui signifie : « C'est ça, c'est ça, tu peux bien dire tout ce que tu veux. »

– Oui, j'ai raison et j'en ai marre ! ai-je crié. Et tu sais quoi ? Même si ça ne marche pas avec ma mère, je ne voudrai pas revenir ici. J'en ai marre de ce trou à rats. J'en ai marre de toi !

– Eh bien, va-t'en alors, espèce de petite brute ingrate. Moi aussi, j'en ai par-dessus la tête de toi ! a-t-elle crié avant de quitter ma grotte en claquant la porte.

Alors voilà ce qu'elle pense de moi. Pour ce que ça peut me faire. Ingrate ? Et pourquoi devrais-je toujours être pleine de gratitude, d'abord ?

On demande toujours aux enfants d'être reconnaissants, reconnaissants, reconnaissants. C'est agaçant d'être reconnaissant. Je suis censée être reconnaissante envers Cam parce qu'elle s'occupe de moi, mais je n'ai pas le choix, on ne me laisserait pas vivre toute seule, alors. Pourtant je pourrais, fastoche. Je devrais lui dire merci pour les immondes légumes bouillis qu'elle me donne à manger (elle ne m'emmène jamais au McDonald's), les minables vêtements sans marque qu'elle m'a achetés à bas prix (pas étonnant qu'on se moque de moi à l'école), les livres soporifiques qu'elle m'a refilés (honnêtement, vous avez déjà essayé de lire *Les Quatre Filles du Dr March* ? – je m'en fiche, moi, que Jo soit le personnage de roman préféré de Cam) et les sorties au musée (d'accord, j'ai bien aimé les momies et le cadavre du petit bonhomme bossu, mais ces tableaux et ces potiches, c'était nul !).

Si seulement je pouvais gagner ma vie, je pourrais m'acheter tout ce dont j'ai vraiment besoin. Ce n'est pas juste que les enfants n'aient pas le droit de travailler. Je suis sûre que je pourrais vendre des trucs sur les marchés, tenir un stand de glaces ou travailler dans une crèche. Si seulement j'avais un métier, je pourrais manger des hamburgers et des frites à tous les repas et m'habiller avec des vêtements de marque de la tête aux pieds – ouais, surtout les pieds – et m'acheter tous les DVD et les jeux vidéo que je veux et aller à Disneyland.

Ouais, je parie que ma mère m'emmènera à Disneyland si je le lui demande.

Ça va être un vrai conte de fées. Et maman et moi, on va vivre heureuses et on aura beaucoup de bons moments, et tout est bien qui finit bien.

Je le sais.

Même si Football n'y croit pas. Je le déteste, de toute façon.

Non, c'est pas vrai. Je l'aime bien, c'est bizarre, je m'inquiète pour lui. Sa vie n'est pas un conte de fées.

Je suis allée à la maison pour dire au revoir à Alexandre et Football, avant de partir chez ma mère.

Alexandre n'était pas là. Et je pensais que Football non plus. En entrant, je n'ai trouvé personne, rien, même pas de provisions dans le frigo en carton. Je suis montée voir au premier et j'ai regardé le sapin par la fenêtre. Ma culotte était toujours accrochée en haut. L'arbre me paraissait loin maintenant, on était vraiment dingues ! J'ai baissé les yeux, le cœur battant, en repensant à Alexandre. Et là, j'ai poussé un cri.

Quelqu'un était étendu sur le matelas. Quelqu'un de plus grand qu'Alexandre. Quelqu'un qui portait un maillot de foot.

– Football ! ai-je hurlé en me ruant au rez-de-chaussée pour sortir par la fenêtre de derrière dans le jardin en friche où était enfoui le matelas.

– Football ! Football ! Football ! ai-je braillé en arrivant au-dessus de son corps immobile.

Il a ouvert les yeux et m'a dévisagée.

– Jenny ?

– Oh, Football, tu es vivant ! me suis-je écriée en m'agenouillant auprès de lui.

– Eh, Jenny, tu es inquiète pour moi, ma parole ! a-t-il ricané.

Je lui ai donné une pichenette sur le menton.

– Arrête, idiot ! Tu es tombé ?

– Non, je me repose un peu.

J'ai touché son bras. Il était glacé et son T-shirt était humide.

– Tu as passé toute la nuit ici ? T'es malade !

– Ouais, c'est tout moi. Dingo. Marteau. Complètement givré.

– Tu l'as dit ! Tu vas attraper froid.

– Et alors ?

– Tu ne pourras plus jouer au foot.

– Mais si.

Il a pris son ballon au bout du matelas et l'a lancé dans les airs. Il a voulu le rattraper mais il lui a échappé des mains et est retombé dans les buissons.

Football a pesté, mais il ne s'est même pas levé. Il est resté allongé là, à jouer avec le briquet de son père, allumé, éteint, allumé, éteint au-dessus de sa tête. Il le tenait maladroitement dans ses doigts engourdis.

– Arrête, tu vas le lâcher et te brûler, t'es vraiment dingue !

– Je me réchauffe.

– Je vais te réchauffer.

J'ai frictionné vigoureusement ses bras glacés et ses doigts bleuis. Il m'a pris la main et m'a attirée contre lui.

– À quoi tu joues ?

– Tu veux pas me tenir compagnie, Jenny ?

– Si on rentrait au chaud ?

– J'aime bien le froid, ça m'engourdit.

– Ouais, t'es pas bien dégourdi, ça, c'est sûr, ai-je répliqué en m'allongeant néanmoins sur le vieux matelas puant.

Il était tellement trempé que l'humidité transperçait mon T-shirt.

– J'ai l'impression de m'enfoncer profond, profond, profond dans la terre, ai-je dit en gigotant.

– Ouais, on n'a qu'à rester là tous les deux. Toi et moi, dans notre petit univers à nous.

Je me suis imaginé... si on restait pour toujours

dans le jardin, Football et moi. On vivrait couchés sur le dos comme des statues de marbre sur un tombeau, on aurait du lierre qui grimperait sur nous, les écureuils passeraient en bondissant et les oiseaux feraient leur nid dans nos cheveux, mais on ne remuerait pas un cil, complètement coupés du monde.

Sauf que je n'ai pas envie de vivre coupée du monde. Je veux vivre mon conte de fées où tout est bien qui finit bien. Je veux vivre heureuse et prendre beaucoup de bon temps !

– Allez ! C'est l'heure de se lever ! On va jouer au foot.

J'ai retrouvé le ballon et je l'ai fait rebondir sur la tête de Football pour le réveiller.

Il s'est relevé tant bien que mal en râlant. Il a voulu me prendre la balle mais j'ai été plus vite que lui.

– Je suis Jenny la championne, plus rapide que l'éclair, et waouh ! Regarde, j'ai le ballon !

– Tu rêves ! C'est moi, le champion, a affirmé Football.

Il a essayé de me tacler, mais il m'a donné un coup de pied au lieu de taper dans la balle.

– Ouille ! Ma cheville ! Espèce de grosse brute en baskets !

– Désolé, s'est-il excusé en regardant ma jambe. Du rouge ! a-t-il crié, stupéfait.

– C'est du sang !

– J'ai pas fait exprès, a-t-il marmonné.

– Oh que si, ai-je répliqué en tamponnant la plaie. C'est bien toi qui contrôles ton pied, non ? Il n'est pas venu shooter tout seul dans ma jambe pour m'arracher un gros morceau de chair ! Ça fait mal !

– Je suis vraiment, vraiment, vraiment désolé, Jenny.

Football était au bord des larmes.

– Je n'ai jamais voulu te faire de mal. Je tiens beaucoup à toi, minus. Jenny ?

Il a tenté de me prendre dans ses bras, mais je l'ai esquivé.

– Bas les pattes !

– Allez, je sais que tu m'aimes bien, toi aussi.

– Pas quand tu es tout trempé et puant. Beurk, t'as sérieusement besoin de prendre un bain, Football.

– Arrête, on dirait ma mère. Vous êtes toutes les

mêmes. Beurk, pouarc, et que je me plains et que je te fais des reproches et que je gémis et que je pleurniche. Tu crois vraiment que j'en ai quelque chose à faire de toi ? T'es malade. Personne n'en a rien à faire. Personne ne t'aime, Jenny Bell.

– Si, ma mère, elle m'aime ! ai-je hurlé.

J'ai rugi tellement fort que les oiseaux se sont envolés, effrayés, et que, dans toute la ville, les gens se sont figés net, les voitures se sont embouties aux carrefours et les avions se sont arrêtés en plein vol.

– Ma mère, elle m'aime, elle !

Chez ma mère (bis)

Cette fois, chez maman, c'était un peu différent. Et maman était un peu différente, elle aussi. Elle était toute pâle sous son maquillage, elle portait des lunettes et, quand elle m'a embrassée pour me dire bonjour, elle sentait le renfermé sous sa douce odeur poudrée. Et dans la maison, ça sentait aussi la cigarette et l'alcool. Les rideaux étaient encore fermés.

J'ai voulu les ouvrir, mais maman m'a arrêtée.

– Oh non, pas la lumière du jour, ma puce, a-t-elle protesté en portant la main à son front.

– Tu as trop bu, maman ?

– Quoi ? Non, bien sûr que non. Ne sois pas bête, chérie. J'ai une affreuse migraine. Ça m'arrive souvent. C'est nerveux.

Elle a allumé une cigarette et en a tiré une longue bouffée.

– C'est moi qui te rends nerveuse, maman ? me suis-je inquiétée.

– Ne dis pas de bêtises, mon cœur. Alors voyons ce que maman t'a acheté.

– Encore un cadeau !

J'espérais que ce n'était pas des chocolats parce que j'avais un peu mal au cœur. Ce devait être nerveux aussi. Je tiens ça de ma mère.

C'était un gros paquet, mais souple et mou.

– Une poupée ou un nounours ? ai-je demandé en tâtant le papier à la recherche de la tête et des pattes.

– Tu vas voir…

J'ai donc ouvert le paquet avec précaution, très soigneusement cette fois, et j'ai découvert un super treillis d'une marque hyper chic !

– Waouh ! Génial ! me suis-je exclamée en tournoyant avec le pantalon, faisant danser les deux jambes.

– Il te plaît ? m'a demandé maman.

– J'adore. Il est super classe. Dommage que je n'aie pas une belle veste pour aller avec.

– Tu n'essaierais pas de me donner des idées par hasard ? a-t-elle dit en souriant.

J'ai décidé de lui donner tout un tas d'idées.

– Bien sûr, mes vieilles baskets vont gâcher mon nouveau look. J'aurais besoin d'une paire de Nike pour compléter ma tenue.

– Je ne fabrique pas l'argent, tu sais, a répondu maman. Je trouve ça un peu fort que Cam ait été payée une fortune pour s'occuper de toi, alors que moi, je ne toucherai pas un sou.

– Mais je le vaux bien, non, maman ? ai-je demandé tout en m'approchant d'elle en valsant.

– Bien sûr, ma chérie. Mais arrête de taper des pieds, tu veux bien, tu me fais mal à la tête.

Je lui ai préparé un café noir bien fort qu'elle a siroté, assise dans le canapé. Puis elle s'est allongée et n'a plus bougé, ne répondant même pas quand je lui parlais. J'avais l'impression qu'elle s'était endormie, même si je ne pouvais pas voir ses yeux à travers les lunettes noires.

J'ai fait le tour du canapé, tout doucement, en la regardant. J'avais du mal à réaliser que c'était ma maman, qu'on était enfin réunies et qu'on allait passer le restant de nos vies ensemble. Je m'étais imaginé ça tellement de fois que je n'arrivais pas à croire que, maintenant, c'était la réalité. Je l'ai fixée jusqu'à ce que ma vue se brouille mais maman n'a pas disparu : elle s'est étirée, superbe dans son haut à paillettes avec son pantalon panthère, si belle, si douce. Et profondément endormie.

Elle n'avait pas envie de se réveiller. J'avais bien aimé l'admirer un peu, mais ça commençait à devenir ennuyeux. J'ai donc fait un petit tour dans la pièce. J'ai vidé les cendriers dans la poubelle et rapporté les bouteilles vides à la cuisine comme une parfaite petite ménagère qui aide sa maman. J'ai jeté un œil dans les placards et dans le frigo, mais il n'y avait pas grand-chose à grignoter, juste des plats congelés, des trucs de régime et de l'alcool.

J'ai joué à la marelle sur le carrelage de la cuisine pendant un moment, puis j'ai enlevé mes baskets pour faire une partie de hockey sur glace. Soudain, je suis retournée dans le salon, pleine d'espoir, parce que j'avais entendu maman soupirer, mais elle s'était juste retournée dans son sommeil et jouait toujours les Belles au bois dormant. L'un de ses escarpins en daim noir était tombé. Je l'ai essayé puis, avec précaution, je lui ai ôté l'autre. Ouais ! J'avais une paire de talons hauts rien que pour moi ! J'ai trottiné un peu dans le salon pour trouver mon équilibre puis j'ai boitillé jusqu'à sa chambre afin de m'admirer dans le miroir.

J'ai glissé un œil dans son armoire et, sans même pouvoir m'en empêcher, je me suis retrouvée vêtue de son pull en mohair et de sa jupe en cuir. On aurait presque dit ma mère ! J'ai fait comme si j'étais elle et j'ai promis à ma petite Jenny que je l'aimerais toujours et que je ne la quitterais plus jamais quoi qu'il arrive.

C'est alors que ma mère est entrée dans la pièce, se frottant les yeux en allumant sa cigarette.

– Ah, te voilà ! Je me suis assoupie cinq minutes, dis donc. Hé, toi, espèce de petite coquine, tu t'es déguisée avec mes vêtements. Ôte-moi ça ! Et fais attention, cette jupe coûte une fortune !

– Oh, maman, s'il te plaît, laisse-moi les garder une seconde, ai-je supplié. Je suis tellement belle, comme ça. On dirait toi !

J'ai fouillé dans son placard.

– Waouh ! J'adore ta robe rouge ! Je peux l'essayer ? Et le haut violet, là ? Et elle est comment, cette robe noire ? Oh, super sexy !

– Jenny ! a protesté ma mère en riant. Bon, d'accord. Viens par là. On va jouer à te déguiser.

C'était magique ! Maman m'a fait toute belle… mais on a beaucoup ri lorsque j'ai essayé la robe noire parce que le décolleté me tombait au nombril, ce qui fait qu'on voyait tout, tout, tout – devant et derrière !

Du coup, j'ai remis le pull en mohair, la jupe en cuir et les escarpins en daim de maman, et elle m'a maquillée comme une vraie dame et même coiffée. Je me pavanais en jouant les mannequins alors maman m'a montré comment elles marchent sur les podiums et je me suis efforcée de l'imiter. Puis on a dit qu'on était des chanteuses de rock. Maman était géniale ! Elle sait sautiller avec le micro, faire tous les pas et tous les mouvements de danse. Et en plus, elle chante trop bien. Elle a une voix superbe. Elle m'a raconté qu'elle avait gagné le concours de karaoké au pub et que tout le monde la suppliait toujours de chanter une chanson.

– Justement, aujourd'hui, c'est soirée karaoké.

– Super ! me suis-je exclamée. On y va ? J'adorerais te voir chanter.

– Tu ne peux pas aller au pub, Jenny. Tu es trop petite.

– J'y suis allée une fois avec Cam, Jane et Liz. On avait une table dehors, dans le jardin, j'ai bu un cocktail qui s'appelait un saint-clément et j'ai mangé trois paquets de chips au vinaigre.

– Oui, mais dans mon pub, il n'y a pas de jardin

et on n'a pas le droit de s'installer dehors le soir, de toute façon. Non, je pensais y aller seule.

– Mais… et moi ?

– Bah, tu seras couchée. Tu vas dormir sur le canapé et tu pourras regarder un peu la télé, si tu veux.

– Tu vas me laisser ? ai-je demandé, le cœur battant.

– Oh, arrête, Jenny. Tu n'es plus un bébé.

– Je n'aime pas rester toute seule. Tu ne veux pas rester jouer avec moi, plutôt, maman ?

– Bon sang, Jenny. J'ai joué à tes jeux idiots tout l'après-midi. Tu ne vas pas m'empêcher d'aller passer un moment au pub avec mes amis. Je ne prendrai qu'un verre ou deux, c'est tout. Je serai de retour bien avant l'heure de la fermeture, promis. De toute façon, d'ici là, tu dormiras.

– Et si je n'arrive pas à m'endormir ?

– Eh bien, tu regarderas la télé, je t'ai dit.

– Je crois qu'il n'y a rien de bien, ce soir.

– Tu regarderas un DVD alors ! Franchement… ah, les mômes ! On voit que tu as été trop gâtée. Tu vas devoir apprendre à faire ce que je te dis si tu veux que ça se passe bien entre nous.

– Tu n'as pas le droit de me laisser toute seule !

– Je fais ce que je veux, jeune demoiselle. Et ne me parle pas sur ce ton ! Tu n'as pas envie de retourner au foyer, quand même ?

J'ai secoué la tête, sans pouvoir articuler un mot.

– Bon. Alors ne commence pas à prendre tes grands airs avec moi. Allez, déshabille-toi et mets-toi en pyjama.

Elle me traitait comme un bébé. Elle m'a même nettoyé la figure en faisant la marionnette avec le gant de toilette, c'était un oiseau qui me picorait le nez. J'ai ri aux éclats et je suis rentrée dans le jeu en me disant que, si j'étais vraiment sage, drôle et mignonne, elle changerait d'avis et reste-rait à la maison.

Mais non.

Elle m'a laissée toute seule.

Elle m'a embrassée et m'a bordée dans mon lit sur le canapé, puis elle m'a fait un petit signe de la main, a enfilé son manteau et elle est partie, per-chée sur ses escarpins en daim noir.

Je lui ai crié qu'elle n'était pas obligée de jouer avec moi, que je resterais bien tranquille devant la télé, aussi discrète qu'une petite souris, que je

ferais tout ce qu'elle voudrait, du moment qu'elle restait avec moi.

Je ne sais pas si elle m'a entendue. Elle est partie quand même, en tout cas. Elle m'a abandonnée à mon triste sort. Toute seule.

Au début, je me suis énervée. Elle n'avait pas le droit de me laisser. Si je téléphonais à Helen pour tout lui raconter, elle aurait de sérieux ennuis. Mais je n'avais pas envie de prévenir Helen. Je savais très bien qui j'avais envie d'appeler, mais je ne pouvais pas. Je ne pouvais pas avouer à Cam que ça avait mal tourné, si vite.

Puis je m'en suis prise à moi-même. Mais non, tout n'avait pas mal tourné. Je n'avais aucune raison de me mettre dans cet état. Maman était sortie boire un verre ou deux, et alors ? Ce n'était pas un drame. Il y avait des tas et des tas de mamans qui allaient au pub, non ? C'était la plus chouette maman du monde, alors pourquoi je ne pouvais pas rester bien au chaud sur son canapé douillet pour regarder la télé en attendant qu'elle rentre ?

Je savais très bien pourquoi. J'avais peur. Ça me rappelait toutes ces fois où elle m'avait laissée quand j'étais petite. Je ne m'en souvenais pas exactement, mais je me rappelais que je pleurais dans le noir et que personne ne me répondait. L'obscurité m'engloutissait et j'avais l'impression que ma mère ne reviendrait plus jamais.

C'était exactement le sentiment que j'avais maintenant. J'avais beau savoir que c'était idiot, rien n'y faisait. Roulée en boule sur le canapé, je pensais à Cam et elle me manquait affreusement. Non, c'était ma mère qui me manquait affreusement. J'étais toute chamboulée. Je me sentais tellement seule… Au bout d'un moment, j'ai fini par m'endormir mais, quand je me suis réveillée, maman n'était toujours pas rentrée, alors que les pubs avaient fermé depuis une éternité. J'ai allumé la télé, mais elle résonnait trop fort dans le silence de l'appartement, alors je l'ai vite éteinte et je suis restée allongée sur le canapé, tendant l'oreille, guettant ma mère, en me demandant ce que je ferais si elle ne revenait jamais. J'avais presque complètement perdu espoir quand j'ai entendu des pas, des rires et une clé qui tournait dans la serrure.

La lumière du salon s'est allumée. Je suis restée recroquevillée sur moi-même, les yeux fermés.

– Oups, j'avais oublié que je l'avais couchée sur le canapé ! a soufflé ma mère. Quelle drôle de petite gamine. Elle ne me ressemble pas du tout, hein ? Bon, tu ferais mieux de rentrer chez toi, chéri. Oui, je sais, mais je n'y peux rien.

J'ai entendu un bonhomme grommeler d'une voix pâteuse, puis des bruits de ventouse et maman qui gloussait.

– Arrête, enfin ! Non, chut, on va réveiller la gosse.

Je respirais aussi lentement et régulièrement que possible. Le type marmonnait à nouveau.

– Oh ! s'est écriée maman. Oui, j'adorerais aller aux courses samedi. Bonne idée ! Sauf que… Enfin, ma petite Jenny sera encore là. Mais elle peut venir avec nous. Elle sera sage, promis.

Grommelle, grommelle, marmonne, marmonne.

– Je sais bien que ce sera moins drôle. Quoi ? Ah oui… On y resterait tout le week-end ? C'est tentant. Bon, d'accord, tu m'as convaincue. Je vais me débrouiller.

J'avais toujours les yeux fermés, mais je ne pouvais pas les empêcher de couler. Ce n'était pas grave. Ils ne pouvaient pas me voir. Ils ne me regardaient pas.

Je me suis réveillée bien avant ma mère le lendemain matin. Mon sac était déjà fait, tout prêt. Je me demandais comment elle allait m'annoncer la nouvelle, si elle allait me dire les choses franchement ou inventer toute une histoire compliquée.

J'ai eu droit à la deuxième option. Une histoire très très compliquée. Elle me l'a sortie au petit déjeuner. Le genre de mensonges dont j'étais capable quand j'avais six ans, pitoyable, absolument pas crédible, comme quoi elle avait rencontré un producteur au pub et qu'elle lui avait beaucoup plu et qu'il lui offrait le rôle de sa vie et qu'il voulait lui faire rencontrer tous ses copains super importants qui travaillaient dans le cinéma ce week-end et elle savait très bien que j'attendais beaucoup de ce week-end parce qu'on devait le passer ensemble, mais d'un autre côté, maintenant, on passerait tous les week-ends ensemble alors elle n'allait quand même pas laisser filer cette chance unique de devenir riche et célèbre et je devais comprendre, n'est-ce pas, mon cœur ?

Je comprenais. J'ai bien regardé ma mère – droit dans les yeux – et j'ai tout compris. Je ne lui ai rien dit. Je me suis contentée de plaquer un sourire sur mes lèvres et de répondre que, bien sûr, je comprenais et que je lui souhaitais bonne chance. Là, elle s'est mise à larmoyer et son mascara de la veille a dégouliné. Elle s'est penchée par-dessus la table, trempant au passage la manche de son déshabillé en synthétique dans mes corn flakes, et elle m'a serrée dans ses bras. J'ai inspiré sa douce odeur poudrée une dernière fois. Elle m'a tapoté la joue, a passé la main dans ses cheveux ébouriffés, a rajusté son peignoir trempé et a dit qu'elle ferait mieux d'aller prendre un bain et de se faire belle et qu'est-ce que tu as envie de faire aujourd'hui, ma chérie ?

Je savais très bien ce que j'allais faire. Dès que ma mère a été dans son bain, je suis allée piquer un peu d'argent dans son portefeuille, j'ai pris mon sac et j'ai décampé.

Je lui ai laissé un petit mot.

> *Ce n'est pas grave, maman. Je sais que tu n'as pas vraiment envie que je vive avec toi. Je vais me débrouiller toute seule.*
>
> *Je t'ai emprunté dix livres pour le trajet, mais je vais faire des économies et je te rembourserai, promis. Merci pour tout.*
>
> *Bisous,*
> *Jenny*

L'encre avait bavé et c'était un peu sale, mais je n'avais pas le temps de recommencer. Je voulais juste lui laisser un message pour qu'elle sache que je n'étais pas une voleuse.

Puis je suis partie en refermant la porte tout doucement derrière moi pour qu'elle ne m'entende pas. Et j'ai couru, couru, couru.

Je ne savais pas où je courais. Je n'avais nulle part où aller.

J'aurais pu retourner chez Cam. Mais elle ne voudrait sans doute pas de moi. Pas après ce que je lui avais dit. Je lui avais sorti des choses atroces. Des choses que je n'oserais même pas écrire dans ce livre. Pour lui faire mal ? C'était dur de choisir entre ma mère et Cam, alors j'ai voulu me faciliter la vie en faisant des trucs tellement horribles que Cam ne voudrait plus de moi.

Sauf que j'ai fait le mauvais choix. Et que maintenant je n'ai plus nulle part où aller.

Si…

Je sais où je vais aller.

Mon chez-moi en miettes

J'ai trouvé mon chemin sans problème. J'ai pris le train, puis le bus et j'ai déjeuné chez McDonald's. C'était génial.

Je n'ai besoin de PERSONNE. Je n'ai pas besoin de ma mère. Je n'ai pas besoin de Cam. Je peux me débrouiller toute seule, tranquille. Et ce n'est pas comme si je n'avais nulle part où dormir. J'ai une grande maison rien que pour moi.

Enfin, de temps en temps, je partage. Quelqu'un avait fait un grand ménage. Il y avait des canettes de Coca et des KitKat dans le « frigo » ainsi qu'une pelle et une balayette en carton qui marchaient – plus ou moins. Mais c'était surtout le salon qui valait le détour. Une télévision flambant neuve, avec un lecteur de DVD. Une table avec une nappe brodée ineffaçable et des petits papiers pour marquer les places. Trois chaises, toutes de taille différente comme dans l'histoire de *Boucle d'Or et les trois ours* – une grande pour Football, une moyenne pour moi et la plus petite pour Alexandre. Et justement, Alexandre, assis sur un tapis, était en train de construire d'autres meubles pour cette maison de rêve.

– Jenny ! s'est-il écrié, les yeux brillants.

Ça m'a fait tellement plaisir que quelqu'un soit content de me voir que je lui ai posé la main sur l'épaule.

– Salut, Chippendale !

Il m'a regardée, perplexe.

– Chip… ? C'est pas ces gros costauds pleins de muscles qui se déshabillent en public ? Tu te moques de moi, c'est ça ?

– Hé, Alexandre, c'est toi qui es censé être le

cerveau de cette maison. Tu n'as jamais entendu parler des meubles style Chippendale ? C'était un vieux bonhomme qui faisait des chaises très chic, je crois.

– Oh, je vois, a fait Alexandre en insérant un morceau de carton dans une fente.

– Une nouvelle chaise, maître ?

– Non, je fabrique une bibliothèque, cette fois. J'ai pensé que ce serait bien d'avoir un endroit où ranger nos livres. Je pourrai y mettre mon livre sur Alexandre le Grand, et toi, ton journal intime.

– Quel journal intime ?

– Ben, je ne sais pas, ton gros carnet violet où tu écris tout le temps.

– Si tu as regardé dans mon gros carnet violet, je t'arrache les yeux !

– Je n'oserais jamais, Jenny.

– J'espère bien. Bon, alors qu'est-ce que tu fais ici ? Je croyais que tu ne devais plus venir.

– Je sais, mon père va me tuer s'il apprend que j'ai encore séché. Quand je suis retourné en cours, j'ai boité tant que je pouvais mais M. Cochran, le prof de gym, a dit que je n'étais qu'une minable petite mauviette et que je devais jouer quand même. Alors j'ai essayé, mais quelqu'un m'a poussé. Et comme ça faisait très mal, j'avais les larmes aux yeux. Et ils ont tous dit que je pleurais et que ça prouvait bien que je n'étais qu'une mauviette pleurnicharde et quelqu'un s'est mis à chantonner : « Petit Cornichon est un gros poltron » et ils l'ont tous répété en chœur et…

– OK, je vois le genre, ai-je dit. Enfin, quand même, ce n'est pas la fin du monde.

– Ben, pour moi, si.

– Tu te fais insulter par une poignée de crétins et gronder par un prof. Ouh là là, bouh snif ! C'est rien, ça. Si tu savais de quoi je me fais traiter à l'école. Et Mme Sacavomi, elle est constamment sur mon dos – enfin, quand je viens en cours. Je parie que t'es le chouchou de la plupart des profs parce que t'es le premier de la classe.

– Eh bien…

Alexandre a réfléchi.

– Oui, M. Bernstein et M. Rogers m'aiment bien, et Mme Betterstall dit que je suis…

– Ouais, ouais, ouais, c'est bien ce que je disais. Et je suis sûre que ton affreux monstre de père t'aime aussi, sinon il ne se soucierait pas de toi. Moi, je n'en ai même pas de père, alors.

– Mais tu as une mère, quand même, a-t-il répondu en mettant la dernière étagère en place.

En levant la bibliothèque pour que je puisse l'admirer, il a vu ma tête. Et il s'est soudain rappelé.

– Oh, au fait, ta mère !

– Eh ben, quoi, ma mère ? ai-je répliqué méchamment.

– Tu ne devais pas aller habiter chez elle ?

– Ouais, si, mais je commençais à m'ennuyer, pour tout t'avouer.

– Elle ne t'a pas acheté tout ce que tu voulais ?

– Si, si. Elle m'a acheté un tas de trucs. Regarde !

J'ai tourné sur moi-même pour lui montrer mon treillis tout neuf.

– Ah oui, s'est empressé de dire Alexandre. Ton pantalon. Ouais, il est super classe. Tu es très jolie, Jenny.

– Non, c'est pas vrai, ai-je répondu en m'asseyant à côté de lui. Ma mère trouve que j'ai l'air drôle…

– Mais tu es drôle. C'est plutôt bien, non ? Jenny… que s'est-il passé avec ta mère ?

Il m'a tapoté timidement le genou.

– Tu ne lui as pas plu ?

Je me suis écartée brusquement.

– Il ne s'est rien passé, je t'ai dit. Ma mère m'adore. Elle n'arrête pas de s'extasier sur moi. Mais au bout d'un moment, j'ai pensé : « Hé, à quoi ça rime tout ça ? Est-ce que j'ai vraiment besoin d'elle ? »

– Ah ! Tu as besoin de Cam, c'est ça ? a répliqué Alexandre, ravi. J'avais raison, non ?

J'ai croisé les bras.

– Non, non, non et non. Tu te trompes ! Je n'ai pas besoin d'elle non plus.

Mais Alexandre ne voulait pas s'avouer vaincu.

– Mm… mais tu as quand même besoin de nous. Football et moi. Tes amis.

– Non, je n'ai pas besoin de vous non plus. Je n'ai pas besoin de personne.

– C'est une double négation. Si tu n'as pas besoin de personne, ça veut dire que tu as besoin de quelqu'un, tu vois.

– Je vois surtout que tu es un insupportable petit M. Je-sais-tout. Et ça ne m'étonne pas que tout le monde s'en prenne à toi. Tu me tapes vraiment sur les nerfs.

Je l'ai bousculé, puis j'ai donné un coup dans sa bibliothèque.

– Attention, c'est fragile.

– Non, c'est rien que du carton pourri, ai-je répliqué en me déchaînant dessus, bam ! bam ! bam !

– Ma bibliothèque ! pleurnichait Alexandre.

– Ici, c'est chez moi, et je ne veux pas de ta saleté de bibliothèque, compris ?

– J'en ferai une exprès pour toi, a-t-il proposé en essayant de remettre les étagères en place.

– Je ne veux pas que tu me fasses quoi que ce soit. Je n'ai besoin de rien. C'est chez moi, et je ne veux pas un seul de tes machins en carton. J'en ai marre de la déco, des meubles et tout ça. Je veux que ce soit *vide* !

J'ai aplati sa stupide bibliothèque, puis j'ai fait le tour du salon, détruisant tous ses meubles au passage, une vraie tornade.

– Arrête, Jenny ! Arrête ! me suppliait-il.

Je cassais, Alexandre criait, quand soudain Football est arrivé en catastrophe.

– Qu'est-ce qu'il y a ? Qu'est-ce qui se passe ? Vous allez bien ?

Il a regardé autour de lui.

– Qui a retourné toute la maison ?

– Oh, Football, te voilà. Ouf ! s'est écrié Alexandre en se pendant à son bras. Fais quelque chose. Jenny est en train de tout casser. Même ma nouvelle bibliothèque.

– Ça me semble une bonne idée, a-t-il répondu en se dégageant d'un coup d'épaule. Ouais, on va s'amuser un peu, pas vrai, Jenny ? Mais au fait, qu'est-ce que tu fabriques là ? Ta mère n'a pas voulu de toi, finalement ?

Je lui ai lancé un regard noir.

– Ferme-la, Football. Ta mère ne veut pas de toi. Et ton si merveilleux père non plus.

Il fallait que je leur fasse mal à tous les deux, pour bien leur montrer que je n'avais pas besoin d'eux. Et pour qu'ils ne puissent pas me blesser.

– Hein ? Comment va ton père, Football ? Comment va père, Alexandre ? ai-je insisté.

– Arrête, m'a ordonné Football.

– Oui, oui, si on arrêtait tout ça, a supplié Alexandre. Si on faisait la paix… et qu'on réparait les meubles.

– La ferme, Petit Cornichon, l'a coupé Football. On s'en fiche de tes meubles minables.

Il a sorti le briquet de son père, et l'a agité devant la bibliothèque écrabouillée.

– Arrête ! a hurlé Alexandre.

– Ne me donne pas d'ordre, toi ! a répliqué Football en recommençant.

Le feu a mordu le carton, le noircissant d'abord, puis l'enflammant complètement.

– Tu es malade ! a crié Alexandre.

– Boucle-la !

Football a éteint le feu avec son pied, juste à temps.

– Tu vas te brûler ! Tu vas mettre le feu à toute la maison ! Il ne faut pas jouer avec le feu !

– Oooh, le vilain petit garçon ! s'est moqué Football en imitant sa voix haut perchée.

J'ai rigolé et il m'a souri.

– On va mettre un peu d'ambiance dans ce trou à rats, hein, Jenny ?

Il m'a lancé le briquet.

– À toi de jouer !

– Non, Jenny. Ne sois pas bête ! m'a suppliée Alexandre.

– C'est un défi, Jenny. T'es cap ou t'es pas cap ? a insisté Football.

J'ai avalé ma salive, le briquet brûlant au creux de la main.

– Non, Jenny, ne fais pas ça. Ne recommence pas ce stupide jeu des défis. Je t'en prie. Tu sais que c'est de la folie !

Je le savais très bien. Mais justement j'avais envie de faire la folle.

J'ai allumé le briquet et je l'ai approché de ma petite chaise en carton. Une flamme a jailli dans les airs. J'ai voulu l'éteindre en l'écrasant, mais je n'étais pas assez grande.

– Arrête ! a hurlé Alexandre. Tu vas te brûler !

Football a tenté de m'écarter d'un coup de coude, mais j'étais décidée à relever le défi. J'ai pris la bibliothèque tout aplatie, j'en ai donné de grands coups sur les flammes, et le feu a fini par s'éteindre.

– Youpi ! J'ai réussi ! J'ai relevé le défi ! me suis-je écriée en sautant, le poing en l'air.

– Bravo, minus. Toi et moi, on est des champions !

– Ouais, les champions de la bêtise, a hoqueté Alexandre, en larmes.

– Tu veux toujours tout gâcher, Alexandre, ai-je dit. Allez. À ton tour, maintenant. Je vais te lancer un défi.

– Non !

– Allez, t'as pas le choix, ai-je insisté en lui tendant le briquet, mais il avait mis ses mains dans son dos.

– Pas question, c'est de la folie, c'est trop dangereux.

– Il n'a pas le cran, s'est moqué Football.

– Allez, Alexandre, ai-je repris. Tu étais content d'avoir sauté par la fenêtre, l'autre fois.

Il a secoué la tête avec véhémence.

– J'ai été complètement idiot. Et s'il n'y avait pas eu le matelas ? Je me serais tué. Je ne veux pas reprendre le risque.

– Trouillard ! Poule mouillée !

– Cot, cot, cot, cot, cot !

– Vous pouvez rire et me traiter de tous les noms. Je ne le ferai pas.

– Parce que tu as trop peur, ai-je affirmé

– Non, c'est *toi* qui as peur. Peur que Football te

prenne pour une trouillarde. Sauf que lui aussi, il a peur.

– *Moi*, peur ? s'est indigné Football. Peur de qui, Petit Cornichon ?

Il m'a arraché le briquet et s'est planté devant Alexandre, jouant à l'allumer puis à l'éteindre.

– J'ai peur de toi, tu crois ? Peur de cette minus de Jenny ? Je n'ai peur de personne, espèce de crétin.

Mais Alexandre n'a pas abandonné la bataille.

– Tu as peur que ton père te laisse tomber, c'est ça qui te fait peur.

Je n'ai pas pu m'empêcher d'acquiescer.

– Ah, là, il marque un point, Football.

– Non, pas du tout. Je n'ai pas peur. Je n'en ai plus rien à faire, de mon père.

– Si, a insisté Alexandre, c'est pour ça que tu fais des trucs complètement dingues, parce que ça te rend dingue.

– Tu crois tout savoir, alors que tu ne sais rien du tout, a crié Football. Et maintenant tu ferais mieux de te taire, sinon c'est à *toi* que je vais mettre le feu.

– T'es même pas cap ! a couiné Alexandre.

– La ferme, Alexandre, ai-je soufflé.

– Si, je suis cap, je suis cap de tout brûler ! a décrété Football en agitant son briquet autour de lui.

Alexandre a pris une étagère en carton pour s'en servir comme bouclier.

Football s'est jeté sur lui, pensant qu'il allait l'esquiver. Mais il n'a pas bougé et le carton s'est brusquement enflammé. Il l'a fixé, bouche bée, pétrifié.

Je lui ai arraché le carton en feu et je l'ai jeté par terre pour le piétiner.

– Ça suffit, Football. Ça devient vraiment trop dangereux.

– Tu ne peux pas m'arrêter. Personne ne peut m'arrêter. Tu vas voir de quoi je suis capable, Jenny Bell. Toi aussi, Petit Cornichon.

– Pourquoi tu nous traites comme ça ? s'est étonné Alexandre. Nous sommes tes amis !

– Je n'ai pas besoin d'aucun ami.

– Football, tu ne peux pas dire « pas » et « aucun » dans la même phrase, c'est une double négaaaaaaah !

Il a été coupé au beau milieu de son explication grammaticale par Football qui l'a attrapé d'une main par son maillot. De l'autre main, il agitait toujours son briquet dans les airs. Alexandre a tendu le bras pour le lui prendre, le lui a arraché, et l'a jeté le plus loin possible. Il a volé à travers la pièce et il est passé par la fenêtre !

– Mon briquet ! Le briquet de mon père ! a braillé Football, lâchant sa proie sous le coup de la surprise.

– Oh, mince ! Je ne voulais pas le jeter par la fenêtre. Je ne pensais pas que je lançais si loin ! a gémi Alexandre.

– Je vais te tuer, Petit Cornichon ! a rugi Football, écarlate, les yeux exorbités.

– File ! ai-je crié à Alexandre. Va-t'en, vite !

Il s'est mis à courir, mais il n'était pas assez rapide. Football l'a rattrapé avant même qu'il ait atteint la porte. Il a levé son gros poing, prêt à le frapper… mais je me suis interposée. J'ai écarté Alexandre d'un coup de coude et je me suis jetée sur Football par-derrière.

– Bas les pattes, grosse brute !

Alexandre s'est écroulé par terre et s'est mis à pleurnicher. Mais Football et moi, on était trop occupés à se battre.

– Arrête, Jenny ! Ouille ! Mais elle me donne des coups de pied !

– Eh oui, je suis capable de tout, comme toi ! Tu te crois le plus grand et le plus fort, mais je vais t'apprendre, moi !

Et je lui ai flanqué un nouveau coup de pied. Dommage que je n'aie eu que des baskets et pas de bonnes grosses Doc Martens.

– Espèce de petite peste ! a crié Football en manquant m'assommer.

J'ai pris mon élan, j'ai visé et frappé là où ça fait le plus mal.

– Ouuuumpf ! a-t-il soufflé, plié en deux. Pas étonnant que ta mère ne veuille pas de toi. Personne ne voudra jamais de toi, Jenny Bell !

– Personne ne veut de toi non plus ! Et surtout pas ton merveilleux papa ! Il n'en a rien à faire de toi, c'est évident !

Il m'a plaquée au sol.

– Ferme-la !

– Non, c'est toi qui la fermes, espèce de grosse brute dégueulasse ! ai-je haleté en me débattant. C'est tout ce que tu sais faire, hein ? Frapper ! Tu te crois génial, mais t'es qu'un gros nul. T'es même nul en foot !

– Boucle-la ou je te cogne la tête par terre !

– Essaie un peu !

Il a essayé. Ça faisait un mal de chien. Alors j'ai craché, un gros crachat en plein dans la figure.

Il m'a fixée, fâcheusement éclaboussé.

– T'es pas cap de recommencer ?

Mais j'ai recommencé.

– Espèce de sale petit ouistiti, a-t-il grondé en me cognant la tête.

– La prochaine fois, ce sera dans l'œil.

– Je me défendrai et je te cracherai dessus aussi, je te préviens.

– Bah, vas-y ! T'oseras pas !

Mais il a osé. C'était répugnant. J'ai voulu cracher à nouveau, mais j'avais la bouche trop sèche.

– Je n'ai plus de salive ! C'est pas juste ! Attends !

J'ai eu beau essayer, je n'ai pu sortir qu'un petit filet de bave.

– Lamentable ! a commenté Football.

– Tu vas voir. Ooooh ! Je fais des bulles au lieu de cracher !

– Ah, ah ! Tu ne sais même pas cracher ! s'est moqué Football.

– Laisse-moi juste une seconde.

– Quoi, tu veux que je reste là à t'attendre ? a-t-il dit en se reculant.

– Reviens ici, Football ! ai-je ordonné en essayant de rassembler un peu de salive en sortant les lèvres et en creusant les joues.

– On dirait que tu vas m'embrasser avec ta bouche comme ça !

– Beurk !

Je n'ai pas pu m'empêcher de ricaner à cette idée.

– Fais attention ou c'est moi qui vais t'embrasser ! m'a-t-il menacée.

– Pas question, ai-je répliqué en gigotant pour me libérer. Hé, bouge de là, tu m'écrases, gros tas.

Cette fois, Football m'a obéi. La bagarre était finie.

– Je ne t'ai pas fait mal au moins ? s'est-il inquiété en m'aidant à me relever et à m'épousseter.

– Oh non, les grands coups de pied dans les tibias et les claques dans la figure, moi, j'adore ça.

– T'es vraiment fada, a répliqué Football. Hé, ça rime !

Il s'est tourné vers Alexandre.

– Et toi, t'es un sacré cas ! Voilà, ça rime aussi. Petit Cornichon, on a arrêté de se battre. Tu peux te relever maintenant.

– Ouais, c'est bon, Alexandre. Alexandre ? Ça va ?

– Nooooon, a-t-il gémi, toujours étendu par terre, la jambe bizarrement tordue.

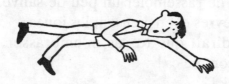

– Ce n'est pas moi qui t'ai fait mal, hein ? a paniqué Football.

– Non… c'est quand… Jenny m'a poussé… ma jambe !

– Oh non ! me suis-je écriée. Lève-toi, Alexandre, laisse-moi regarder.

– Je ne peux pas. Je ne peux vraiment pas.

Je me suis penchée pour l'examiner.

– Oh, Alexandre. Je t'ai cassé la jambe. Elle est toute tordue. Quelle horreur ! Qu'est-ce qu'on va faire ?

– Je pense… qu'il vaudrait mieux… m'emmener à l'hôpital, a marmonné Alexandre.

J'ai tenté de l'aider à se relever, mais il a poussé un cri de douleur.

– Bon, je vais te porter. Viens par ici, mon petit gars. Ne t'en fais pas, je vais y aller tout doucement, a promis Football en mettant Alexandre en travers de son épaule, comme un pompier.

Je lui ai pris la main.

– Oh, Alex, j'espère que ça va aller. Je m'en veux tellement de t'avoir fait mal. Tu es mon meilleur ami au monde. Pourvu que tu guérisses !

Chez Alexandre (pour de vrai)

Nous avons conduit Alexandre à l'hôpital. Football voulait le porter jusque là-bas, mais j'avais encore un peu d'argent de ma mère, alors on a pris un taxi.

Le chauffeur a soupiré en nous voyant.

– Vous vous êtes battus, les enfants ? a-t-il demandé en secouant la tête.

Alexandre était très flatté qu'on le croie capable de se battre. Il a été extrêmement courageux. On voyait qu'il souffrait beaucoup, il était livide, sa frange collait à son front en sueur, mais il n'a pas pleuré.

Nous avons patienté avec lui à l'hôpital jusqu'à ce qu'on l'emmène en fauteuil roulant faire des radios.

– On ferait mieux d'y aller, m'a dit Football. Ils ont téléphoné à ses parents et je n'ai pas très envie de les rencontrer. Surtout son père.

– Mais on ne peut pas partir avant de savoir s'il va bien !

– Bien sûr que ça va aller ! Il est à l'hôpital, a répliqué Football.

Il a jeté un regard à la salle d'attente peinte en orange fadasse et a frissonné.

– J'ai horreur des hôpitaux. Ça me donne la chair de poule. J'y vais.

Il s'est levé.

– Tu viens, Jenny ?

– Non, j'attends.

– Ça va aller. Il a juste la jambe cassée. Tu as entendu l'infirmière.

– Comment tu te sentirais si tu avais « juste » la jambe cassée, Football ? ai-je répliqué.

– Oh... ce serait dramatique pour moi parce que je ne pourrais plus jouer. Mais Alexandre, il s'en fiche, non ?

Il s'est rassis en soupirant.

– J'ai horreur des hôpitaux.

– J'ai compris.

– C'est sinistre. Ces longs couloirs avec des tas de portes derrière lesquelles il se passe des tas de choses affreuses.

– Tu n'as qu'à fermer les yeux.

– Ouais, mais il y a toujours l'odeur.

Il a reniflé en faisant la grimace.

– Ça me donne mal au cœur.

– Et, à ton avis, qu'est-ce que ressent Alexandre, lui qui est *derrière* une de ces portes ?

Football s'est ratatiné sur sa chaise en plastique.

– C'est un drôle de petit gars. Il se casse la jambe... enfin, tu lui casses la jambe, et il ne dit rien. J'ai vu des sacrés durs se tordre de douleur sur le terrain, hurler, jurer et même pleurer. Mais pas Alexandre. Il est vraiment... courageux.

– Je n'ai pas fait exprès de lui casser la jambe !

– Ouais, je sais, mais c'est quand même de la folie de rester dans le coin. Son père et sa mère ne vont pas te féliciter.

– Je l'ai juste un peu poussé. Je ne voulais pas lui faire de mal, je voulais l'écarter de ton chemin. C'est quand même incroyable que tout soit de ma faute !

Et là, je me suis mise à sangloter, hoqueter et

larmoyer, comme un bébé, moi qui ne pleure jamais.

Football a regardé autour de nous, très gêné.

– Arrête, Jenny. Les gens nous observent, a-t-il soufflé en me donnant un coup de coude.

J'ai continué à pleurer bruyamment.

– Hé, t'as pas un mouchoir ?

J'ai secoué la tête. Je m'en fichais d'avoir les joues ruisselantes de larmes et le nez qui coulait.

Football s'est levé d'un bond. J'ai cru qu'il en avait assez et qu'il filait, mais il a couru aux WC et m'a rapporté un rouleau de papier toilette.

– Là, là, m'a-t-il consolée en m'essuyant le visage. Arrête de pleurer, Jenny. Ce n'est pas ta faute, c'est la mienne. C'est moi qui ai fait n'importe quoi là-bas, à la maison. C'était dingue de mettre le feu, comme ça.

Il s'est interrompu.

– Tu crois que je suis vraiment dingue, Jenny ?

– Mais non, Football. C'est Alexandre qui m'inquiète pour le moment. Je ne comprends franchement pas. Une petite pichenette et hop, il s'écroule et se casse la jambe. Alors que, quand il est tombé du toit, il ne s'est même pas cassé un ongle. Il s'est relevé, frais comme une rose. Il est incroyable, notre petit Alexandre.

Je me suis à nouveau essuyé la figure.

– Tu crois que ça va aller, Football ?

– Évidemment, il a juste la jambe cassée.

– Oui, mais ça pourrait être une fracture grave. Elle avait l'air toute bizarre et tordue au mauvais endroit. Et s'ils n'arrivent pas à lui remettre comme il faut ? Et s'il attrape une infection ? Et si la gangrène et les asticots s'y mettent et qu'il faut l'amputer ?

– Arrête, Jenny. Ça ne peut pas arriver, hein ?

– On n'a même pas remarqué, on était trop occupés à se bagarrer, ai-je gémi.

– Au fait, tu te défends drôlement bien, Jenny.

– Ouais, mais je ne me battrai plus jamais. Je m'en veux trop qu'Alexandre soit blessé.

J'ai soupiré, je me demandais ce qu'ils étaient en train de lui faire. Football a soupiré, lui aussi. C'était chacun son tour. Je gigotais sur ma chaise. Football gigotait aussi.

Je me suis levée pour me dégourdir les pattes – et j'ai failli rentrer dans un couple qui se ruait dans la salle d'attente. L'homme, très grand et l'air sérieux, portait un attaché-case. La dame, petite et timide, avait un museau pointu de souris. J'ai tout de suite deviné qui c'était. Je suis retournée m'asseoir en vitesse.

– On nous a dit que notre fils Alexandre avait été amené aux urgences, a annoncé l'homme à l'infirmière.

– Pouvons-nous le voir ? Est-ce qu'il va bien ? a demandé la dame, au bord des larmes.

On les a conduits dans le couloir. Football a poussé un profond soupir et moi de même.

– Il est temps d'y aller, Jenny.

Je savais que c'était plus raisonnable. Mais il fallait que je sois sûre qu'Alexandre allait bien, même si je devais pour cela risquer d'être assommée à coups d'attaché-case par M. Pas Rigolo parce que j'avais blessé son fils. Peut-être même que j'avais envie que les parents d'Alexandre me disputent. Je le méritais.

Football me trouvait complètement folle, mais il est resté.

Nous avons attendu des heures et des heures. Et attendu encore et encore. Puis soudain nous avons entendu la petite voix aiguë d'Alexandre qui n'arrêtait pas de jacasser et il est arrivé dans son fauteuil roulant, poussé par son père, avec sa mère qui trottinait derrière. Sa jambe était étendue et plâtrée.

— Alexandre ! Ça va ? ai-je hurlé en me jetant sur lui.

— Jenny ! Football ! Vous m'avez attendu tout ce temps ! s'est écrié Alexandre, ravi. Papa, maman, je vous présente mes amis.

— Alexandre nous a beaucoup parlé de vous, a dit sa mère.

– Oui, vous méritez tous une bonne correction !
a grondé son père d'une voix menaçante.

– Je t'avais bien dit qu'on aurait mieux fait de
filer, a chuchoté Football.

– C'est de ma faute, ai-je affirmé.

Je voulais avoir l'air courageuse et posée, mais
ma voix est sortie tout étranglée et tellement
tremblante qu'ils n'ont rien compris.

– Ce n'est vraiment pas malin de faire l'école
buissonnière. Je suis sûr que vous allez avoir des
ennuis avec vos établissements, tout comme
Alexandre, a repris son père en agitant le doigt
sous notre nez. Mais je suis tout de même content
que vous ayez sympathisé. Alexandre a toujours
eu du mal à se faire des amis, il est tellement
timide.

– Et puis vous êtes de bons amis, a renchéri sa
mère. Alexandre nous a raconté son accident et
nous a dit comme vous avez été gentils et efficaces
lorsqu'il est tombé. D'autres enfants auraient pu
s'enfuir en l'abandonnant, mais vous l'avez porté,
vous vous êtes occupés de lui et vous l'avez
emmené à l'hôpital. Nous vous en sommes infini-
ment reconnaissants.

Football et moi, on se dandinait d'un pied sur
l'autre. On a regardé Alexandre, il nous a souri.

– Alexandre est notre meilleur ami au monde,
ai-je affirmé.

– Ouais, c'est notre copain… Alors, ça va bien, maintenant ? a demandé Football.

Je lui ai donné un coup de coude.

– Est-ce qu'il a l'air d'aller bien, franchement ?

Football a haussé les épaules.

– Ouais, bon, d'accord, je suis un peu bête, a-t-il admis. Vu qu'il est presque dans le plâtre des pieds à la tête. Hé, je recommence à faire des rimes !

– Mais non, Football, tu n'es pas bête du tout. Ne t'en fais pas. Ça va, a répondu Alexandre. J'ai juste une fracture du tibia.

– Comment ça ? Mais tu t'es fait mal à la jambe !

– Tu es vraiment trop idiot ! me suis-je exclamée. Le tibia est un os de la jambe, Football. Mais toi, tu as dû te casser l'os de la têtc, gros bêta.

– Mais tu ne vas pas devoir passer ta vie en fauteuil roulant ? s'est-il inquiété.

– Oh non, juste ciel ! s'est écriée la mère d'Alexandre. C'est juste pour se déplacer dans l'hôpital. Alexandre va pouvoir boitiller avec des béquilles.

– Mais je ne pourrai pas marcher correctement pendant au moins six semaines, jusqu'à ce qu'on m'enlève le plâtre, a précisé Alexandre.

Football était catastrophé.

– Six semaines ! C'est horrible !

– Mais non, c'est génial, a corrigé Alexandre, les yeux brillants. Comme ça, je serai dispensé de gym.

Son père a poussé un soupir exaspéré.

– Franchement, Alexandre !

– Pour moi, ce serait affreux de ne pas pouvoir jouer au foot pendant six semaines, a remarqué Football. Je n'en peux déjà plus d'être resté coincé ici pendant des heures et des heures sans toucher à mon ballon.

Le père d'Alexandre a hoché la tête en signe d'approbation.

– Par quel miracle êtes-vous devenus amis, tous les deux ?

– Tu fréquentes le même collège qu'Alexandre ? s'est interrogée sa mère.

– Ils ne vont plus au collège, c'est bien le problème, est intervenu son père. Et qu'en pensent tes parents ?

Football a fait la moue.

– Ils s'en fichent. Aussi bien ma mère…

Il a marqué un temps d'arrêt.

– … que mon père.

Alexandre s'est penché vers lui.

– Je suis désolé d'avoir jeté ton briquet, Football. Je sais que tu y tenais, mais tu pourras peut-être le retrouver dans le jardin.

– Peut-être. Mais, de toute façon, ce n'est pas grave. Mon père m'a bien jeté, lui aussi, alors…

Le père d'Alexandre s'est tourné vers moi.

– Et toi, Bouclette ? Ton père et ta mère doivent être morts d'inquiétude qu'une petite fille comme toi traîne dans la rue, non ?

– Je n'ai pas de père. Et… et je ne crois pas que je vais revoir ma mère avant longtemps, ai-je murmuré.

– Jenny a été placée en famille d'accueil, a expliqué Alexandre.

Ils m'ont tous dévisagée. Ça m'a étonnée qu'ils ne me tapotent pas la tête. Mais j'ai soutenu leur regard.

– Et si tu venais goûter à la maison ? m'a proposé la mère d'Alexandre. Et toi aussi, bien sûr, a-t-elle ajouté en se tournant vers Football d'un air hésitant.

– Oh oui, venez, a supplié Alexandre. Ma mère est la reine des fourneaux. Tu pourrais nous faire un gâteau au chocolat, maman ?

Football semblait d'accord. Généralement, tous les soirs, il se contentait de descendre au *fish and chips*[1]. J'étais plutôt partante moi aussi, étant donné que je mourais de faim (j'avais l'impression d'avoir englouti mon Big Mac il y a des siècles) et que je n'avais nulle part où aller.

1. Fast-food typique de Grande-Bretagne où l'on vend des frites et du poisson frit.

Nous avons aidé Alexandre à descendre les marches du perron de l'hôpital en le soutenant chacun d'un côté, pendant que son père allait chercher la voiture et que sa mère rapportait le fauteuil roulant à l'intérieur.

– C'est adorable de ne pas avoir dit à tes parents que tout était de ma faute, ai-je chuchoté en lui plaquant un petit bisou sur la joue.

– En fait, c'était de ma faute, a reconnu Football. Je n'ai pas arrêté de t'embêter. Mais je ne recommencerai plus, promis.

J'ai senti Alexandre trembler. Il était rouge pivoine.

– Alors vous êtes tous les deux mes amis ? Pour de vrai ? Ce n'est pas une blague ? C'est génial !

– C'est toi qui es génial, Alexandre le Grand ! Et aussi un peu dingo parce que tes soi-disant copains t'ont cassé la jambe.

– Ouais et, à cause d'eux, tu as dû passer des heures à l'hôpital, a complété Football.

– J'aime bien l'hôpital, a avoué Alexandre. C'était extrêmement intéressant. Le médecin m'a montré la radio et m'a tout expliqué. J'ai trouvé ça fascinant. J'aimerais être médecin quand je serai grand. Mais je ferais mieux d'arrêter de sécher les cours parce qu'il faut avoir des super notes pour faire médecine. En plus, au collège, ça va aller, maintenant que je suis dispensé de gym. Et dans six semaines, tu n'auras qu'à me refaire tomber, Jenny, que je me casse l'autre jambe.

– Je t'ai à peine poussé ! ai-je protesté.

– Je sais. Je ne sais pas pourquoi je me suis écroulé comme ça. Je suis maladroit. C'est pour ça que je suis nul en foot. Mes jambes ne m'obéissent pas comme je voudrais.

– Mais ta tête, ça va, a remarqué Football. Hé, je pourrais t'apprendre mon super coup de tête top secret, comme ça, tu enverrais la balle droit dans le filet !

– Ce serait cool ! s'est exclamé Alexandre.

– Ce serait un miracle, oui, ai-je renchéri.

Alexandre et Football étaient désormais comme les doigts de la main. Dans la voiture, ils n'ont pas arrêté de discuter, jusqu'à ce qu'on arrive chez Alexandre.

Sa maison est *immense*, peinte en blanc et noir,

avec les fenêtres en croisillons et de petits arbustes dans des bacs de chaque côté de la porte. Nous n'avions pas réalisé qu'il était si riche. Et c'était encore plus luxueux à l'intérieur : bois ciré partout, fauteuils et canapés assortis, garnis de coussins disposés au millimètre près. J'ai à peine osé poser mes fesses sur le bord d'une chaise rayée rouge et blanc, comme du dentifrice. Football est resté planté au beau milieu du tapis, sur le côté de ses baskets, son ballon serré contre son cœur.

La mère d'Alexandre a installé son fils dans un fauteuil, avec sa jambe plâtrée étendue sur un tabouret, puis elle est allée préparer le goûter.

Le père nous a de nouveau fait la leçon comme quoi c'était mal de sécher les cours et ça commençait à devenir sérieusement pénible. Alexandre était aussi blanc que son plâtre, Football appuyait son menton sur son ballon, quant à moi, je glissais petit à petit de ma chaise à rayures si bien que mes fesses étaient presque dans le vide. Heureusement, la mère d'Alexandre nous a apporté du jus de fruits et des cookies au chocolat maison, ce qui a réchauffé un peu l'atmosphère. Je pensais que c'était le goûter, mais ce n'était qu'un « petit encas » en attendant le vrai goûter. Elle a voulu qu'on appelle chez nous pour prévenir et que personne ne s'inquiète. Mais Football a dit que sa mère était au travail – en ajoutant dans sa barbe que, de toute façon, elle s'en fichait complètement.

– Et toi, Jenny ? Tu devrais peut-être appeler ta famille d'accueil ? a proposé la maman d'Alexandre.

– Non, non, ils ne vont pas s'inquiéter, je vous assure, ai-je affirmé malgré le regard noir que me jetait Alexandre.

Football a dû poser son ballon pour prendre son verre et son biscuit. Comme la balle s'éloignait sur le tapis, il l'a rattrapée hop ! sur la pointe de sa basket, et l'a ramenée vers lui.

– Beau jeu de jambes, fiston, s'est enthousiasmé le père d'Alexandre.

– Football est le roi du foot, papa, a annoncé fièrement Alexandre.

– Je me débrouille, a marmonné l'intéressé, très modeste pour une fois.

Le père a commencé à parler sport et, au bout de quelques minutes, Football s'est mis à discuter avec lui et s'est même lancé dans une petite démonstration.

– Oh, mon Dieu, attention aux bibelots ! s'est écriée la mère d'Alexandre qui revenait, les bras chargés de saladiers de chips et de soucoupes de Smarties.

– Et si on allait jouer un peu dans le jardin, fiston ? a proposé le père.

Ils sont sortis par la porte-fenêtre et, aussitôt, se sont mis à se faire des passes comme deux vieux copains.

Alexandre les regardait d'un air un peu envieux.

– Mon père adore le foot.

– Il t'adore aussi, Alexandre. Sans le montrer.

Il a secoué la tête, sourcils froncés.

– En tout cas, ta mère t'aime, c'est sûr.

Il a acquiescé timidement.

– Et Football aussi, il t'aime bien. Et moi, je

t'aime beaucoup, beaucoup, beaucoup. Tu le sais, ça, Alexandre ?

Visiblement il le savait. Il hochait la tête comme un vrai petit Oui-Oui.

– Je t'aime beaucoup, Jenny. Et Football t'aime aussi. Il aimerait que tu sois sa petite amie.

– Hum, ça, je ne sais pas, ai-je répondu. Je pourrais être sa copine, mais la tienne aussi, alors. Si tu veux bien.

– Évidemment ! Et… et ta mère ne sait peut-être pas comment t'aimer, mais Cam t'adore. J'ai l'impression qu'elle tient beaucoup à toi.

– Non, je ne crois pas. Et de toute façon, j'ai tout gâché.

J'ai repensé un peu à Cam. À tout ce qu'on faisait ensemble. Des trucs idiots, comme danser devant les clips vidéo, crier des réponses débiles aux jeux télévisés et inventer des dialogues délirants pour les feuilletons à l'eau de rose. Et le soir, quand Cam venait me border et m'ébouriffer les cheveux. Et si j'avais peur la nuit – si j'avais fait un cauchemar ou un truc comme ça –, elle me laissait venir dans son lit. Elle râlait dans son sommeil en disant : « Oh, voilà Jenny la Bougeotte », mais elle me prenait quand même dans ses bras. Et elle avait beau me préparer des repas équilibeurk, elle m'emmenait parfois au McDonald's. Et la fois où je n'avais pas été invitée à l'anniversaire de Roxanne, on avait fait la fête toutes les deux à la maison et elle avait même acheté un gâteau d'anniversaire.

Bien sûr, ce n'était pas tous les jours la fête. Parfois, elle s'énervait vraiment et elle me faisait la tête, mais j'avoue que, quelquefois, moi aussi, je peux être un peu pénible. Elle ne me laissait jamais toute seule à la maison. Elle ne sortait jamais avec des hommes. Et une fois où elle devait aller à un concert avec Jane et Liz pendant qu'une de ses copines me gardait, elle avait finalement annulé parce que j'avais mal au ventre. Vous imaginez ? Elle avait préféré rester à nettoyer mon vomi plutôt que d'aller à son concert !

On s'entendait plutôt bien, Cam et moi. Comme de vraies amies. Des sœurs. Presque… presque comme une mère et sa fille.

C'était bizarre. La maman d'Alexandre nous avait préparé un vrai festin, avec des minipizzas, des miniquiches, des petites saucisses puis un délicieux gâteau au chocolat, une génoise avec du glaçage rose et de la glace au coulis de fraise, mais une fois dans ma bouche, tout ça n'avait pas plus de goût que tous les trucs en carton d'Alexandre.

Je ne pouvais rien avaler, j'avais une grosse boule dans la gorge.

J'avais envie de rentrer à la maison. *Chez moi*.

Mon chez-moi à moi

Alors je suis rentrée chez moi. Le père d'Alexandre a insisté pour me reconduire chez Cam. Il a raccompagné Football en même temps et ils étaient tellement occupés à discuter foot qu'ils n'ont pas remarqué que je parlais de moins en moins. Je suis même restée complètement muette pendant les cinq dernières minutes de trajet.

J'ai bondi hors de la voiture, je leur ai fait au revoir de la main et j'ai posé mon doigt sur la sonnette, en faisant mine d'appuyer. J'ai entendu la voiture s'éloigner et je suis restée avec le doigt suspendu au-dessus du bouton jusqu'à ce que mon bras soit complètement engourdi. Je me répétais en boucle ce que j'allais dire. Et tout me semblait ridicule. Non, je n'allais rien dire. Je ne pouvais pas. Je ne pourrais pas regarder Cam en face, j'étais sûre qu'elle allait me repousser et me mettre dehors.

En tout cas, c'est ce que j'aurais fait si elle m'avait traitée comme ça.

Je ne pouvais pas retourner chez ma mère. Mais je n'étais pas obligée de traîner dans les rues ni d'aller me cacher sous les meubles en carton de la maison déserte. Je connaissais le numéro d'urgence de l'Aide sociale à l'enfance. Si je prévenais Helen, dans l'heure, elle m'aurait trouvé un lit pour la nuit et, dès demain matin, elle se pencherait sur mon cas. Les éducateurs n'abandonnent jamais. Elle serrerait ses dents de lapin et se démènerait pour me trouver un nouveau foyer.

Mais je n'en voulais pas. Je savais ce que je voulais, même si c'était trop tard. Soudain, malgré moi, mon doigt a appuyé et j'ai sonné, sonné, sonné. J'ai entendu des pas précipités, la porte s'est ouverte et j'ai vu Cam, les cheveux dressés sur la tête, les yeux rougis et le gilet boutonné de travers et pourtant, tout à coup, j'ai trouvé que c'était la plus merveilleuse femme du monde.

– Cam !

– Jenny !

Je lui ai sauté au cou et elle m'a serrée plus fort que fort et on est restées enlacées comme si jamais plus on ne pourrait se lâcher. J'ai vaguement aperçu Jane et Liz qui venaient dans l'entrée et se joignaient à nos embrassades, avant de tapoter Cam sur l'épaule puis de m'ébouriffer les cheveux et de s'en aller pour nous laisser seules toutes les deux. Nous embrasser, nous câliner, nous papouiller. Et renifler, hoqueter, larmoyer. Je sentais quelque chose d'humide qui filtrait à travers mes boucles.

– Tes larmes me coulent sur la tête, ai-je marmonné.

– Et les tiennes me dégoulinent sur l'épaule, a bafouillé Cam.

– Je ne pleure pas ! J'ai le rhume des foins.

– Idiote ! a fait Cam en me serrant plus fort.

– Je pensais que tu allais être très très en colère après moi.

– Je suis très très en colère, a-t-elle répondu gentiment. Où étais-tu passée ? Helen et moi, nous nous sommes fait un sang d'encre depuis que ta mère a appelé pour nous avertir que tu avais fugué. La police est à ta recherche, tu te rends compte.

– Waouh ! Vous avez prévenu la télé ? J'espère que je vais passer au journal. On pourra l'enregistrer ?

– Je ferais mieux d'appeler tout le monde pour dire que tu es saine et sauve. Alors que s'est-il passé, Jenny ? Ta mère pensait pourtant que tout allait bien. Elle est dans tous ses états.

– Tu parles, elle voulait déjà se débarrasser de moi !

– Ce n'est pas vrai. Elle tient beaucoup à toi. Je le sais. Regarde tout ce qu'elle t'a offert.

– Ouais, les cadeaux. La poupée, les chocolats et tous ces trucs dont je n'avais pas envie.

– Elle t'a quand même acheté un super treillis, à ce que je vois, a dit Cam en me tenant à bout de bras pour m'admirer.

– Mm. Les vêtements, ça va. Et on a bien rigolé. Elle m'a habillée comme elle, c'était génial. Mais après elle en a eu assez. Assez de moi. Elle m'a laissée toute seule pour aller au pub.

– Elle n'aurait pas dû faire ça, a répondu Cam en me serrant à nouveau contre elle. C'est pour ça que tu t'es enfuie ?

– Non, j'ai filé ce matin. Elle cherchait comment se débarrasser de moi, Cam, je t'assure. Alors j'ai préféré lui rendre service et partir de moi-même.

– Quitte à nous faire mourir d'inquiétude. Où es-tu allée ?

– J'ai pris le train pour rentrer.

– Oui, d'accord, mais où as-tu passé la journée ? J'ai parcouru la ville en long, en large et en travers. Je t'ai cherchée au McDonald's, dans les magasins, à tous les endroits possibles et imaginables. Je suis même allée à ton école.

– T'es malade ? Comme si j'allais retourner là-bas !

– Eh bien, alors, où étais-tu passée ?

Elle m'a pris le menton pour que je la regarde en face.

Et soudain j'ai eu envie de lui dire.

279

– Dans une maison vide. J'y vais souvent. Au lieu d'aller en classe, mais ne te mets pas en colère. J'y retrouve d'autres gens.

Toutes sortes d'expressions se succédaient sur le visage de Cam, un vrai kaléidoscope humain.

– Quelle maison ? Quels gens ?

Elle s'efforçait de garder son calme, mais ses ongles me rentraient dans les épaules.

– C'est une maison abandonnée, personne n'y vit. Mais il y a des garçons qui viennent parfois. Alexandre et Football. Ils sont sympas. On est potes. Et ils veulent tous les deux être mon petit ami !

– Tu es un peu jeune pour avoir un petit ami, non, Jenny ?

– Si tu connaissais Alexandre, tu ne serais pas inquiète. Quant à Football, je sais m'y prendre avec lui. Sois tranquille.

– Ils sont dans ton école ?

– Non, Football est plus vieux et Alexandre va dans un collège de garçons, un établissement snob et privé.

– Mais ils sèchent aussi les cours ?

– Ouais, Football a été exclu alors, même s'il le voulait, il ne pourrait pas aller en cours. Et Alexandre a décidé d'y retourner parce qu'il veut réussir ses examens.

– Il est sensé, ce garçon ! Et toi, Jenny ? Tu veux

finir par être renvoyée ou tu vas y retourner et faire un effort ?

– Moi, je n'ai pas vraiment le choix. Alexandre est une vraie tête, premier dans toutes les matières.

Cam m'a tapoté le crâne.

– Toi aussi, tu as une tête bien faite, tu sais.

– Mais oui, c'est ça. Je vais devenir la chouchoute de Mme Sacavomi et tout le monde voudra être mon ami, ai-je répliqué d'un ton sarcastique.

– Tu ne vas pas rester dans la classe de Mme Saca toute ta vie. Et j'ai l'impression que tu sais te faire des amis, non ? Mais si tu n'aimes vraiment pas cette école, j'essaierai de t'inscrire ailleurs. Liz pourrait peut-être te prendre dans son école.

– Je parie qu'elle serait tout le temps sur mon dos si j'étais dans sa classe.

– Mais tu as besoin qu'on soit tout le temps sur ton dos ! Tu es la gamine la plus insupportable que je connaisse.

– Mais tu veux quand même me reprendre ?

– Tu le sais bien.

– Même après tout ce que je t'ai dit ?

– Moi aussi, je t'ai dit des choses. Mais ce n'est pas grave. Les gens qui s'aiment ont le droit de se disputer.

– Tu m'aimes ? ai-je demandé le cœur battant, boum, boum, boum.

– Oui, je t'aime, a répondu Cam.

Mon cœur rayonnait comme une carte de la Saint-Valentin.

– Personne ne m'a jamais aimée avant.

– Ta mère t'aime aussi. Peut-être qu'elle n'est pas prête à t'avoir tous les jours, mais je suis sûre que vous allez rester en contact.

– Ou peut-être qu'elle attendra encore cinq ans, ai-je répliqué. On verra. Je m'en fiche. Je serai heureuse avec toi, Cam. Si c'est ce que tu veux vraiment.

– Et toi, c'est ce que tu veux, Jenny ?

– Tu le sais bien.

J'ai jeté un coup d'œil circulaire autour de moi. Nous étions toujours dans l'entrée. J'ai regardé le vieux parquet nu, le plafond écaillé et les posters déchirés aux murs.

– Enfin, on pourrait quand même arranger un peu ce trou à rats, ai-je dit. Étant donné que c'est chez moi aussi, maintenant. On pourrait mettre de la moquette pour commencer.

– Ou un beau tapis. On pourrait le fabriquer ensemble, toi et moi.

– Et il faudrait repeindre les murs d'une couleur lumineuse. Rouge ?

– Quelque chose d'un peu plus subtil. Framboise ? Bordeaux ? Tiens, si on prenait un verre pour fêter ton retour ? Un verre de vin rouge pour moi et pour toi du Coca, d'accord ?

Cam m'a passé le bras autour des épaules et nous sommes allées dans la cuisine.

– On pourrait changer les posters. Et tu pourrais les choisir. Avec des couleurs vives, comme tu aimes, a proposé Cam en recollant au passage un coin d'affiche.

Je l'ai regardée attentivement. On voyait une immense plage avec un piano sur le sable, une petite fille assise dessus, et sa mère, vêtue d'une robe longue et d'un bonnet à l'ancienne, qui se tenait à côté.

– Pourquoi il y a un piano sur la plage ?

– C'est un film. Mon film préféré. L'histoire d'une mère et de sa fille. Je l'ai en cassette. Tu veux le regarder ?

Alors on l'a regardé ensemble.

Et le lendemain, on a regardé mon film préféré. On n'est nulle part mieux que chez soi. Enfin, la

plupart du temps. Cam et moi, on se dispute encore quelquefois.

Souvent même.

Mais après on se réconcilie.

Et on passe de super moments ensemble. Cam me mijote des petits plats rien que pour moi.

Et parfois je lui mijote de bons petits plats aussi.

On travaille ensemble, on sort ensemble, on fait des tas de trucs ensemble, on fait les folles ensemble et on discute ensemble.

Bien sûr, on ne peut pas tout faire ensemble. Je suis obligée d'aller à l'école, pas de bol, pas de bol, pas de bol. Je vais peut-être pouvoir passer dans celle de Liz au prochain trimestre, mais jusque-là je suis coincée avec Mme Sacavomi, Roxanne et toutes ses immondes copines. Dans mon petit conte de fées à moi, Mme Saca joue la méchante sorcière et Roxanne la princesse bizarre qui crache des crapauds et des grenouilles dès qu'elle dit un mot.

En revanche, j'aime bien M. Hatherway.

Et je me suis fait un nouvel ami à l'école. Il s'appelle Trevor. Comme c'est le plus petit élève de sa classe de CE2, tout le monde se défoule sur lui (c'était le gamin qui saignait du nez, vous vous souvenez ?). M. Hatherway m'a demandé de veiller sur lui à la récré. Et je prends mon rôle au sérieux. Personne n'ose embêter Trevor quand je suis dans les parages. Je crois qu'il m'aime bien, même s'il n'ouvre pas souvent la bouche.

Je sais qu'Alexandre m'aime bien – et celui-là, c'est un vrai moulin à paroles. Je suis retournée chez lui. Cette fois, j'ai mangé tout mon goûter,

j'ai même repris une deuxième puis une troisième part de gâteau. Et Alexandre est également venu chez moi. Il s'est bien amusé. Avec Cam, ils ont parlé bouquins pendant des heures. Alexandre aime beaucoup Cam, mais c'est moi qu'il préfère.

Je pense cependant que c'est Football qui m'aime le plus. Je ne vais pas souvent chez lui, mais il vient souvent à la maison. On joue au foot, quelle surprise ! Parfois, Cam joue aussi avec nous. Et Jane, et Liz. Vous ne devinerez jamais quoi. Jane a beau être énorme, c'est une vraie championne de foot. Meilleure que le père d'Alexandre. Meilleure que Football lui-même !

Sauf qu'il ne l'avouera jamais. Il s'entraîne beaucoup. Le père d'Alexandre l'a inscrit dans un club. Je ne sais pas combien de temps ça durera. Football n'est pas très doué pour les relations humaines. Il s'est déjà disputé avec quelques personnes. Si ça se trouve, il va être exclu. Mais moi, je ne le rejetterai jamais. Il restera toujours mon ami, quoi qu'il arrive.

Je crois qu'il traîne encore à la maison abandonnée de temps en temps. Alexandre n'y va plus. Moi non plus. Mais j'y ai emmené Cam, une fois.

J'ai fait comme si c'était chez moi et je lui ai fait visiter. La plupart des meubles en carton d'Alexandre étaient cassés si bien que la maison paraissait un peu tristounette, vide et sale.

– Mais je pourrais vraiment bien l'arranger, ai-je affirmé en prenant Cam par la main pour la conduire dans le salon. Je pourrai peut-être vivre ici quand je serai grande, hein ? J'aurai un chandelier, un tapis rouge rubis, un gros canapé moelleux et une télé qui fera tout le mur. Je passerai la moitié de la nuit à la regarder et je me lèverai très très tard et après je travaillerai un peu. J'écrirai des best-sellers, tu vois. J'arrêterai de travailler vers cinq heures pour prendre mon goûter. Et tous les jours, j'aurai un gros gâteau d'anniversaire.

– Tu seras sacrément dodue, alors ! s'est moquée Cam en me donnant un petit coup dans le bidon.

– Je ne le mangerai pas toute seule. Je partagerai. J'inviterai Alexandre. Il pourra passer, entre deux opérations du cerveau. Et j'aimerais aussi que Football vienne, enfin, il ne faudra pas qu'il mange trop de gâteau, à cause de son entraînement. Et devine qui d'autre j'inviterai ?

Je me suis interrompue.

– Mme Sacavomi ? a proposé Cam.

– Pas question !

– Helen ?

– Peut-être. Parfois. En souvenir du bon vieux temps. Non, quelqu'un d'autre. Quelqu'un d'important.

– Ta mère ?

– Si elle veut. Mais je ne compte pas trop dessus. Allez, devine, Cam !

– Je n'en ai aucune idée, a-t-elle menti, les yeux brillants d'espoir.

– TOI ! me suis-je écriée et je l'ai serrée fort fort dans mes bras.

TABLE DES MATIÈRES

JACQUELINE WILSON
L'AUTEUR

Jacqueline Wilson est née à Bath, en Angleterre, en 1945. Fille unique, elle se retrouvait souvent livrée à elle-même et s'inventait alors des histoires. Elle se souvient d'ailleurs, adolescente, avoir rempli des dizaines de cahiers. À seize ans, elle devient journaliste d'un magazine pour adolescentes. Après son mariage et la naissance de sa fille, Emma, Jacqueline Wilson travaille pour différents journaux. À vingt-quatre ans, elle écrit une série de romans policiers pour adultes puis se lance dans l'écriture de livres pour enfants, ce qui avait toujours été son rêve. Ses histoires, pleines d'émotion, ont remporté de nombreux prix, et elle est aujourd'hui un auteur majeur de livres pour la jeunesse. Dans la collection Folio Junior, elle a notamment publié : *À nous deux !*, *Maman, ma sœur et moi*, *À la semaine prochaine*, *Poisson d'avril*, *Mon amie pour la vie*, *Secrets*…

NICK SHARRATT
L'ILLUSTRATEUR

Nick Sharratt, auteur-illustrateur de livres pour enfants, est né à Londres en 1962. Il travaille pour la presse, l'édition et collabore à tous les livres de Jacqueline Wilson. Ses dessins, pleins d'humour et de fantaisie, s'harmonisent parfaitement au style de chacune de ses histoires.

Retrouvez le récit
des premières aventures de **Jenny B.**

dans la collection FOLIO **JUNIOR**

LA FABULEUSE HISTOIRE
DE JENNY B.

n° 1267

« Il était une fois une petite fille qui s'appelait
Jenny Bell… » On dirait le début d'un conte de
fées. Pourtant ma vie n'a rien d'un conte de fées.
J'ai dix ans, j'habite dans un foyer pour enfants
parce que ma mère est partie… Enfin, je suis
sûre qu'elle reviendra me chercher. En attendant, j'ai décidé d'écrire mon histoire, une histoire qui finira bien, j'espère !

Mise en pages : Maryline Gatepaille

Loi n° 49-956 du 16 juillet 1949
sur les publications destinées à la jeunesse
ISBN : 978-2-07-062905-3
Numéro d'édition : 170639
Numéro d'impression : 95736
Dépôt légal : juillet 2009
Imprimé en France par CPI Firmin Didot